„Bücher sind wie Fallschirme. Sie nützen uns nichts, wenn wir sie nicht öffnen."

Gröls Verlag

Redaktionelle Hinweise und Impressum

Das vorliegende Werk wurde zugunsten der Authentizität sehr zurückhaltend bearbeitet. So wurden etwa ursprüngliche Rechtschreibfehler *nicht* systematisch behoben, denn kleine Unvollkommenheiten machen das Buch – wie im Übrigen den Menschen – erst authentisch. Mitunter wurden jedoch zum Beispiel Absätze behutsam neu getrennt, um den Lesefluss zu erleichtern.

Um die Texte zu rekonstruieren, werden antiquarische Bücher von Lesegeräten gescannt und dann durch eine Software lesbar gemacht. Der so entstandene Text wird von Menschen gegengelesen und korrigiert – hierbei treten auch Fehler auf. Wenn Sie ebenfalls antiquarische Texte einreichen möchten, finden Sie weitere Informationen auf www.groels.de

Viel Freude bei der Lektüre wünscht Ihnen das Team des Gröls-Verlags.

Adressen

Verleger: Sophia Gröls, Im Borngrund 26, 61440 Oberursel

Externer Dienstleister für Distribution & Herstellung: BoD, In de Tarpen 42, 22848 Norderstedt

Unsere „Edition | Werke der Weltliteratur“ hat den Anspruch, eine der größten und vollständigsten Sammlungen klassischer Literatur in deutscher Sprache zu sein. Nach und nach versammeln wir hier nicht nur die „üblichen Verdächtigen“ von Goethe bis Schiller, sondern auch Kleinode der vergangenen Jahrhunderte, die – zu Unrecht – drohen, in Vergessenheit zu geraten. Wir kultivieren und kuratieren damit einen der wertvollsten Bereiche der abendländischen Kultur. Kleine Auswahl:

Francis Bacon • Neues Organon • **Balzac** • Glanz und Elend der Kurtisanen • **Joachim H. Campe** • Robinson der Jüngere • **Dante Alighieri** • Die Göttliche Komödie • **Daniel Defoe** • Robinson Crusoe • **Charles Dickens** • Oliver Twist • **Denis Diderot** • Jacques der Fatalist • **Fjodor Dostojewski** • Schuld und Sühne • **Arthur Conan Doyle** • Der Hund von Baskerville • **Marie von Ebner-Eschenbach** • Das Gemeindekind • **Elisabeth von Österreich** • Das Poetische Tagebuch • **Friedrich Engels** • Die Lage der arbeitenden Klasse • **Ludwig Feuerbach** • Das Wesen des Christentums • **Johann G. Fichte** • Reden an die deutsche Nation • **Fitzgerald** • Zärtlich ist die Nacht • **Flaubert** • Madame Bovary • **Gorch Fock** • Seefahrt ist not! • **Theodor Fontane** • Effi Briest • **Robert Musil** • Über die Dummheit • **Edgar Wallace** • Der Frosch mit der Maske • **Jakob Wassermann** • Der Fall Maurizius • **Oscar Wilde** • Das Bildnis des Dorian Grey • **Émile Zola** • Germinal • **Stefan Zweig** • Schachnovelle • **Hugo von Hofmannsthal** • Der Tor und der Tod • **Anton Tschechow** • Ein Heiratsantrag • **Arthur Schnitzler** • Reigen • **Friedrich Schiller** • Kabale und Liebe • **Nicolo Machiavelli** • Der Fürst • **Gotthold E. Lessing** • Nathan der Weise • **Augustinus** • Die Bekenntnisse des heiligen Augustinus • **Marcus Aurelius** • Selbstbetrachtungen • **Charles Baudelaire** • Die Blumen des Bösen • **Harriett Stowe** • Onkel Toms Hütte • **Walter Benjamin** • Deutsche Menschen • **Hugo Bettauer** • Die Stadt ohne Juden • **Lewis Caroll** • *und viele mehr….*

Novalis

Heinrich von Ofterdingen

Inhalt

Zueignung

Du hast in mir den edeln Trieb erregt
Tief ins Gemüt der weiten Welt zu schauen;
Mit deiner Hand ergriff mich ein Vertrauen,
Das sicher mich durch alle Stürme trägt.

Mit Ahndungen hast du das Kind gepflegt,
Und zogst mit ihm durch fabelhafte Auen;
Hast, als das Urbild zartgesinnter Frauen,
Des Jünglings Herz zum höchsten Schwung bewegt.

Was fesselt mich an irdische Beschwerden?
Ist nicht mein Herz und Leben ewig Dein?
Und schirmt mich Deine Liebe nicht auf Erden?

Ich darf für Dich der edlen Kunst mich weihn;
Denn Du, Geliebte, willst die Muse werden,
Und stiller Schutzgeist meiner Dichtung sein.

In ewigen Verwandlungen begrüßt
Uns des Gesangs geheime Macht hienieden,
Dort segnet sie das Land als ew'ger Frieden,
Indes sie hier als Jugend uns umfließt.

Sie ist's, die Licht in unsre Augen gießt,
Die uns den Sinn für jede Kunst beschieden,
Und die das Herz der Frohen und der Müden
In trunkner Andacht wunderbar genießt.

An ihrem vollen Busen trank ich Leben;
Ich ward durch sie zu allem, was ich bin,
Und durfte froh mein Angesicht erheben.

Noch schlummerte mein allerhöchster Sinn;
Da sah ich sie als Engel zu mir schweben
Und flog, erwacht, in ihrem Arm dahin.

Erster Teil

Die Erwartung

Erstes Kapitel

Die Eltern lagen schon und schliefen, die Wanduhr schlug ihren einförmigen Takt, vor den klappernden Fenstern sauste der Wind; abwechselnd wurde die Stube hell von dem Schimmer des Mondes. Der Jüngling lag unruhig auf seinem Lager, und gedachte des Fremden und seiner Erzählungen. „Nicht die Schätze sind es, die ein so unaussprechliches Verlangen in mir geweckt haben", sagte er zu sich selbst; „fern ab liegt mir alle Habsucht: aber die blaue Blume sehn' ich mich zu erblicken. Sie liegt mir unaufhörlich im Sinn, und ich kann nichts anderes dichten und denken. So ist mir noch nie zumute gewesen: es ist, als hätt ich vorhin geträumt, oder ich wäre in eine andere Welt hinübergeschlummert; denn in der Welt, in der ich sonst lebte, wer hätte da sich um Blumen bekümmert, und gar von einer so seltsamen Leidenschaft für eine Blume hab' ich damals nie gehört. Wo eigentlich nur der Fremde herkam? Keiner von uns hat je einen ähnlichen Menschen gesehn; doch weiß ich nicht, warum nur ich von seinen Reden so ergriffen worden bin; die andern haben ja das nämliche gehört, und keinem ist so etwas begegnet. Daß ich auch nicht einmal von meinem wunderlichen Zustande reden kann! Es ist mir oft so entzückend wohl, und nur dann, wenn ich die Blume nicht recht gegenwärtig habe, befällt mich so ein tiefes, inniges Treiben: das kann und wird keiner verstehn. Ich glaubte, ich wäre wahnsinnig, wenn ich nicht so klar und hell sähe und dächte, mir ist seitdem alles viel bekannter. Ich hörte einst von alten Zeiten reden; wie da die Tiere und Bäume und Felsen mit den Menschen gesprochen hätten. Mir ist gerade so, als wollten sie allaugenblicklich anfangen, und als könnte ich es ihnen ansehen, was sie mir sagen wollten. Es muß noch viel Worte geben, die ich nicht weiß: wußte ich mehr, so könnte ich viel besser alles begreifen. Sonst tanzte ich gern; jetzt denke ich lieber nach der Musik." Der Jüngling verlor sich allmählich in süßen Phantasien und entschlummerte. Da träumte ihm erst von unabsehlichen Fernen, und wilden, unbekannten Gegenden. Er wanderte über Meere mit unbegreiflicher Leichtigkeit; wunderliche Tiere sah er; er lebte mit mannigfaltigen Menschen, bald im Kriege, in wildem Getümmel, in stillen Hütten. Er geriet in Gefangenschaft und die schmählichste Not. Alle Empfindungen stiegen bis zu einer niegekannten Höhe in ihm. Er durchlebte ein unendlich buntes Leben; starb und kam wieder, liebte bis zur höchsten

Leidenschaft, und war dann wieder auf ewig von seiner Geliebten getrennt. Endlich gegen Morgen, wie draußen die Dämmerung anbrach, wurde es stiller in seiner Seele, klarer und bleibender wurden die Bilder. Es kam ihm vor, als ginge er in einem dunkeln Walde allein. Nur selten schimmerte der Tag durch das grüne Netz. Bald kam er vor eine Felsenschlucht, die bergan stieg. Er mußte über bemooste Steine klettern, die ein ehemaliger Strom herunter gerissen hatte. Je höher er kam, desto lichter wurde der Wald. Endlich gelangte er zu einer kleinen Wiese, die am Hange des Berges lag. Hinter der Wiese erhob sich eine hohe Klippe, an deren Fuß er eine Öffnung erblickte, die der Anfang eines in den Felsen gehauenen Ganges zu sein schien. Der Gang führte ihn gemächlich eine Zeitlang eben fort, bis zu einer großen Weitung, aus der ihm schon von fern ein helles Licht entgegen glänzte. Wie er hineintrat, ward er einen mächtigen Strahl gewahr, der wie aus einem Springquell bis an die Decke des Gewölbes stieg, und oben in unzählige Funken zerstäubte, die sich unten in einem großen Becken sammelten; der Strahl glänzte wie entzündetes Gold; nicht das mindeste Geräusch war zu hören, eine heilige Stille umgab das herrliche Schauspiel. Er näherte sich dem Becken, das mit unendlichen Farben wogte und zitterte. Die Wände der Höhle waren mit dieser Flüssigkeit überzogen, die nicht heiß, sondern kühl war, und an den Wänden nur ein mattes, bläuliches Licht von sich warf. Er tauchte seine Hand in das Becken und benetzte seine Lippen. Es war, als durchdränge ihn ein geistiger Hauch, und er fühlte sich innigst gestärkt und erfrischt. Ein unwiderstehliches Verlangen ergriff ihn sich zu baden, er entkleidete sich und stieg in das Becken. Es dünkte ihn, als umflösse ihn eine Wolke des Abendrots; eine himmlische Empfindung überströmte sein Inneres; mit inniger Wollust strebten unzählbare Gedanken in ihm sich zu vermischen; neue, niegesehene Bilder entstanden, die auch ineinanderflossen und zu sichtbaren Wesen um ihn wurden, und jede Welle des lieblichen Elements schmiegte sich wie ein zarter Busen an ihn. Die Flut schien eine Auflösung reizender Mädchen, die an dem Jünglinge sich augenblicklich verkörperten.

Berauscht von Entzücken und doch jedes Eindrucks bewußt, schwamm er gemach dem leuchtenden Strome nach, der aus dem Becken in den Felsen hineinfloß. Eine Art von süßem Schlummer befiel ihn, in welchem er unbeschreibliche Begebenheiten träumte, und woraus ihn eine andere Erleuchtung weckte. Er fand sich auf einem weichen Rasen am Rande einer Quelle, die in die Luft hinausquoll und sich darin zu verzehren schien. Dunkelblaue Felsen mit bunten Adern erhoben sich in einiger Entfernung; das

Tageslicht, das ihn umgab, war heller und milder als das gewöhnliche, der Himmel war schwarzblau und völlig rein. Was ihn aber mit voller Macht anzog, war eine hohe lichtblaue Blume, die zunächst an der Quelle stand, und ihn mit ihren breiten, glänzenden Blättern berührte. Rund um sie her standen unzählige Blumen von allen Farben, und der köstliche Geruch erfüllte die Luft. Er sah nichts als die blaue Blume, und betrachtete sie lange mit unnennbarer Zärtlichkeit. Endlich wollte er sich ihr nähern, als sie auf einmal sich zu bewegen und zu verändern anfing; die Blätter wurden glänzender und schmiegten sich an den wachsenden Stengel, die Blume neigte sich nach ihm zu, und die Blütenblätter zeigten einen blauen ausgebreiteten Kragen, in welchem ein zartes Gesicht schwebte. Sein süßes Staunen wuchs mit der sonderbaren Verwandlung, als ihn plötzlich die Stimme seiner Mutter weckte, und er sich in der elterlichen Stube fand, die schon die Morgensonne vergoldete. Er war zu entzückt, um unwillig über diese Störung zu sein; vielmehr bot er seiner Mutter freundlich guten Morgen und erwiderte ihre herzliche Umarmung.

„Du Langschläfer", sagte der Vater, „wie lange sitze ich schon hier, und feile. Ich habe deinetwegen nichts hämmern dürfen; die Mutter wollte den lieben Sohn schlafen lassen. Aufs Frühstück habe ich auch warten müssen. Klüglich hast du den Lehrstand erwählt, für den wir wachen und arbeiten. Indes ein tüchtiger Gelehrter, wie ich mir habe sagen lassen, muß auch Nächte zu Hülfe nehmen, um die großen Werke der weisen Vorfahren zu studieren." – „Lieber Vater", antwortete Heinrich, „werdet nicht unwillig über meinen langen Schlaf, den Ihr sonst nicht an mir gewohnt seid. Ich schlief erst spät ein, und habe viele unruhige Träume gehabt, bis zuletzt ein anmutiger Traum mir erschien, den ich lange nicht vergessen werde, und von dem mich dünkt, als sei es mehr als bloßer Traum gewesen." – „Lieber Heinrich", sprach die Mutter, „du hast dich gewiß auf den Rücken gelegt, oder beim Abendsegen fremde Gedanken gehabt. Du siehst auch noch ganz wunderlich aus. Iß und trink, daß du munter wirst."

Die Mutter ging hinaus, der Vater arbeitete emsig fort und sagte: „Träume sind Schäume, mögen auch die hochgelahrten Herren davon denken, was sie wollen, und du tust wohl, wenn du dein Gemüt von dergleichen unnützen und schädlichen Betrachtungen abwendest. Die Zeiten sind nicht mehr, wo zu den Träumen göttliche Gesichte sich gesellten, und wir können und werden es nicht begreifen, wie es jenen auserwählten Männern, von denen die Bibel erzählt, zumute gewesen ist. Damals muß es eine andere Beschaffenheit mit den Träumen gehabt haben, so wie mit den menschlichen Dingen.

In dem Alter der Welt, wo wir leben, findet der unmittelbare Verkehr mit dem Himmel nicht mehr statt. Die alten Geschichten und Schriften sind jetzt die einzigen Quellen, durch die uns eine Kenntnis von der überirdischen Welt, soweit wir sie nötig haben, zuteil wird; und statt jener ausdrücklichen Offenbarungen redet jetzt der heilige Geist mittelbar durch den Verstand kluger und wohlgesinnter Männer und durch die Lebensweise und die Schicksale frommer Menschen zu uns. Unsre heutigen Wunderbilder haben mich nie sonderlich erbaut, und ich habe nie jene großen Taten geglaubt, die unsre Geistlichen davon erzählen. Indes mag sich daran erbauen, wer will, und ich hüte mich wohl jemanden in seinem Vertrauen irre zu machen." – „Aber, lieber Vater, aus welchem Grunde seid Ihr so den Träumen entgegen, deren seltsame Verwandlungen und leichte zarte Natur doch unser Nachdenken gewißlich rege machen müssen? Ist nicht jeder, auch der verworrenste Traum, eine sonderliche Erscheinung, die auch ohne noch an göttliche Schickung dabei zu denken, ein bedeutsamer Riß in den geheimnisvollen Vorhang ist, der mit tausend Falten in unser Inneres hereinfällt? In den weisesten Büchern findet man unzählige Traumgeschichten von glaubhaften Menschen, und erinnert Euch nur noch des Traums, den uns neulich der ehrwürdige Hofkaplan erzählte, und der Euch selbst so merkwürdig vorkam.

Aber, auch ohne diese Geschichten, wenn Ihr zuerst in Eurem Leben einen Traum hättet, wie würdet Ihr nicht erstaunen, und Euch die Wunderbarkeit dieser uns nur alltäglich gewordenen Begebenheit gewiß nicht abstreiten lassen! Mich dünkt der Traum eine Schutzwehr gegen die Regelmäßigkeit und Gewöhnlichkeit des Lebens, eine freie Erholung der gebundenen Phantasie, wo sie alle Bilder des Lebens durcheinanderwirft, und die beständige Ernsthaftigkeit des erwachsenen Menschen durch ein fröhliches Kinderspiel unterbricht. Ohne die Träume würden wir gewiß früher alt, und so kann man den Traum, wenn auch nicht als unmittelbar von oben gegeben, doch als eine göttliche Mitgabe, einen freundlichen Begleiter auf der Wallfahrt zum heiligen Grabe betrachten. Gewiß ist der Traum, den ich heute Nacht träumte, kein unwirksamer Zufall in meinem Leben gewesen, denn ich fühle es, daß er in meine Seele wie ein weites Rad hineingreift, und sie in mächtigem Schwunge forttreibt."

Der Vater lächelte freundlich und sagte, indem er die Mutter, die eben hereintrat, ansah: „Mutter, Heinrich kann die Stunde nicht verleugnen, durch die er in der Welt ist. In seinen Reden kocht der feurige welsche Wein, den ich damals von Rom mitgebracht hatte, und der unsern Hochzeitabend verherrlichte. Damals war ich auch noch ein andrer Kerl. Die südliche Luft hatte mich aufgetaut, von Mut und Lust floß ich über, und du warst auch ein heißes köstliches Mädchen. Bei deinem Vater gings damals herrlich zu; Spielleute und Sänger waren weit und breit herzugekommen, und lange war in *Augsburg* keine lustigere Hochzeit gefeiert worden."

„Ihr spracht vorhin von Träumen", sagte die Mutter, „weißt du wohl, daß du mir damals auch von einem Traume erzähltest, den du in Rom gehabt hattest, und der dich zuerst auf den Gedanken gebracht, zu uns nach Augsburg zu kommen, und um mich zu werben?" – „Du erinnerst mich eben zur rechten Zeit", sagte der Alte; „ich habe diesen seltsamen Traum ganz vergessen, der mich damals lange genug beschäftigte; aber eben er ist mir ein Beweis dessen, was ich von den Träumen gesagt habe. Es ist unmöglich einen geordneteren und helleren zu haben; noch jetzt entsinne ich mich jedes Umstandes ganz genau; und doch, was hat er bedeutet? Daß ich von dir träumte, und mich bald darauf von Sehnsucht ergriffen fühlte, dich zu besitzen, war ganz natürlich: denn ich kannte dich schon. Dein freundliches holdes Wesen hatte mich gleich anfangs lebhaft gerührt, und nur die Lust nach der Fremde hielt damals meinen Wunsch nach deinem Besitz noch zurück. Um die Zeit des Traums war meine Neugierde schon ziemlich gestillt, und nun konnte die Neigung leichter durchdringen."

„Erzählt uns doch jenen seltsamen Traum", sagte der Sohn. „Ich war eines Abends", fing der Vater an, „umhergestreift. Der Himmel war rein, und der Mond bekleidete die alten Säulen und Mauern mit seinem bleichen schauerlichen Lichte. Meine Gesellen gingen den Mädchen nach, und mich trieb das Heimweh und die Liebe ins Freie. Endlich ward ich durstig und ging ins erste beste Landhaus hinein, um einen Trunk Wein oder Milch zu fordern. Ein alter Mann kam heraus, der mich wohl für einen verdächtigen Besuch halten mochte. Ich trug ihm mein Anliegen vor; und als er erfuhr, daß ich ein Ausländer und ein Deutscher sei, lud er mich freundlich in die Stube und brachte eine Flasche Wein. Er hieß mich niedersetzen, und fragte mich nach meinem Gewerbe. Die Stube war voll Bücher und Altertümer. Wir gerieten in ein weitläuftiges Gespräch; er erzählte mir viel von alten Zeiten, von Malern, Bildhauern und Dichtern. Noch nie hatte ich so davon reden hören. Es war mir, als sei ich in einer neuen Welt ans Land gestiegen. Er wies mir Siegelsteine und andre alte Kunstarbeiten; dann las er mir mit lebendigem Feuer herrliche Gedichte vor, und so verging die Zeit, wie ein Augenblick. Noch jetzt heitert mein Herz sich auf, wenn ich mich des bunten Gewühls der wunderlichen Gedanken und

Empfindungen erinnere, die mich in dieser Nacht erfüllten. In den heidnischen Zeiten war er wie zu Hause, und sehnte sich mit unglaublicher Inbrunst in dies graue Altertum zurück. Endlich wies er mir eine Kammer an, wo ich den Rest der Nacht zubringen könnte, weil es schon zu spät sei, um noch zurückzukehren. Ich schlief bald, und da dünkte michs, ich sei in meiner Vaterstadt und wanderte aus dem Tore. Es war, als müßte ich irgendwohin gehn, um etwas zu bestellen, doch wußte ich nicht wohin, und was ich verrichten solle. Ich ging nach dem Harze mit überaus schnellen Schritten, und wohl war mir, als sei es zur Hochzeit. Ich hielt mich nicht auf dem Wege, sondern immer feldein durch Tal und Wald, und bald kam ich an einen hohen Berg. Als ich oben war, sah ich die Goldne Aue vor mir, und überschaute Thüringen weit und breit, also daß kein Berg in der Nähe umher mir die Aussicht wehrte. Gegenüber lag der Harz mit seinen dunklen Bergen, und ich sah unzählige Schlösser, Klöster und Ortschaften. Wie mir nun da recht wohl innerlich ward, fiel mir der alte Mann ein, bei dem ich schlief, und es gedäuchte mir, als sei das vor geraumer Zeit geschehn, daß ich bei ihm gewesen sei. Bald gewahrte ich eine Stiege, die in den Berg hinein ging, und ich machte mich hinunter. Nach langer Zeit kam ich in eine große Höhle, da saß ein Greis in einem langen Kleide vor einem eisernen Tische, und schaute unverwandt nach einem wunderschönen Mädchen, die in Marmor gehauen vor ihm stand. Sein Bart war durch den eisernen Tisch gewachsen und bedeckte seine Füße. Er sah ernst und freundlich aus, und gemahnte mich wie ein alter Kopf, den ich den Abend bei dem Manne gesehn hatte. Ein glänzendes Licht war in der Höhle verbreitet. Wie ich so stand und den Greis ansah, klopfte mir plötzlich mein Wirt auf die Schulter, nahm mich bei der Hand und führte mich durch lange Gänge mit sich fort. Nach einer Weile sah ich von weitem eine Dämmerung, als wollte das Tageslicht einbrechen. Ich eilte darauf zu, und befand mich bald auf einem grünen Plane; aber es schien mir alles ganz anders als in Thüringen. Ungeheure Bäume mit großen glänzenden Blättern verbreiteten weit umher Schatten. Die Luft war sehr heiß und doch nicht drückend. Überall Quellen und Blumen, und unter allen Blumen gefiel mir eine ganz besonders, und es kam mir vor, als neigten sich die andern gegen sie.“

„Ach! liebster Vater, sagt mir doch, welche Farbe sie hatte“, rief der Sohn mit heftiger Bewegung.

„Das entsinne ich mich nicht mehr, so genau ich mir auch sonst alles eingeprägt habe.“

„War sie nicht blau?“

„Es kann sein“, fuhr der Alte fort, ohne auf Heinrichs seltsame Heftigkeit Achtung zu geben. „Soviel weiß ich nur noch, daß mir ganz unaussprechlich zumute war, und ich mich lange nicht nach meinem Begleiter umsah. Wie ich mich endlich zu ihm wandte, bemerkte ich, daß er mich aufmerksam betrachtete und mir mit inniger Freude zulächelte. Auf welche Art ich von diesem Orte wegkam, erinnere ich mich nicht mehr. Ich war wieder oben auf dem Berge. Mein Begleiter stand bei mir, und sagte: Du hast das Wunder der Welt gesehn. Es steht bei dir, das glücklichste Wesen auf der Welt und noch über das ein berühmter Mann zu werden. Nimm wohl in acht, was ich dir sage: wenn du am Tage Johannis gegen Abend wieder hierher kommst, und Gott herzlich um das Verständnis dieses Traumes bittest, so wird dir das höchste irdische Los zuteil werden; dann gib nur acht, auf ein blaues Blümchen, was du hier oben finden wirst, brich es ab, und überlaß dich dann demütig der himmlischen Führung. Ich war darauf im Traume unter den herrlichsten Gestalten und Menschen, und unendliche Zeiten gaukelten mit mannigfaltigen Veränderungen vor meinen Augen vorüber. Wie gelöst war meine Zunge, und was ich sprach, klang wie Musik. Darauf ward alles wieder dunkel und eng und gewöhnlich; ich sah deine Mutter mit freundlichem, verschämten Blick vor mir; sie hielt ein glänzendes Kind in den Armen, und reichte mir es hin, als auf einmal das Kind zusehends wuchs, immer heller und glänzender ward, und sich endlich mit blendendweißen Flügeln über uns erhob, uns beide in seinen Arm nahm, und so hoch mit uns flog, daß die Erde nur wie eine goldene Schüssel mit dem saubersten Schnitzwerk aussah. Dann erinnere ich mir nur, daß wieder jene Blume und der Berg und der Greis vorkamen; aber ich erwachte bald darauf und fühlte mich von heftiger Liebe bewegt. Ich nahm Abschied von meinem gastfreien Wirt, der mich bat, ihn oft wieder zu besuchen, was ich ihm zusagte, und auch Wort gehalten haben würde, wenn ich nicht bald darauf Rom verlassen hätte, und ungestüm nach Augsburg gereist wäre.“

Zweites Kapitel

Johannis war vorbei, die Mutter hatte längst einmal nach Augsburg ins väterliche Haus kommen und dem Großvater den noch unbekannten lieben Enkel mitbringen sollen. Einige gute Freunde des alten Ofterdingen, ein paar Kaufleute, mußten in Handelsgeschäften dahin reisen. Da faßte die Mutter den Entschluß, bei dieser Gelegenheit jenen Wunsch auszuführen, und es lag ihr dies um so mehr am Herzen, weil sie seit einiger Zeit merkte, daß Heinrich weit stiller und in sich gekehrter war als sonst. Sie glaubte, er sei mißmütig oder krank, und eine weite Reise, der Anblick neuer Menschen und Länder, und wie sie verstohlen ahndete, die Reize einer jungen Landsmännin würden die trübe Laune ihres Sohnes vertreiben, und wieder einen so teilnehmenden und lebensfrohen Menschen aus ihm machen, wie er sonst gewesen. Der Alte willigte in den Plan der Mutter, und Heinrich war über die Maßen erfreut, in ein Land zu kommen, was er schon lange, nach den Erzählungen seiner Mutter und mancher Reisenden, wie ein irdisches Paradies sich gedacht, und wohin er oft vergeblich sich gewünscht hatte.

Heinrich war eben zwanzig Jahre alt geworden. Er war nie über die umliegenden Gegenden seiner Vaterstadt hinausgekommen; die Welt war ihm nur aus Erzählungen bekannt. Wenig Bücher waren ihm zu Gesichte gekommen. Bei der Hofhaltung des Landgrafen ging es nach der Sitte der damaligen Zeiten einfach und still zu; und die Pracht und Bequemlichkeit des fürstlichen Lebens dürfte sich schwerlich mit den Annehmlichkeiten messen, die in späteren Zeiten ein bemittelter Privatmann sich und den Seinigen ohne Verschwendung verschaffen konnte. Dafür war aber der Sinn für die Gerätschaften und Habseligkeiten, die der Mensch zum mannigfachen Dienst seines Lebens um sich her versammelt, desto zarter und tiefer. Sie waren den Menschen werter und merkwürdiger. Zog schon das Geheimnis der Natur und die Entstehung ihrer Körper den ahndenden Geist an: so erhöhte die seltnere Kunst ihrer Bearbeitung, die romantische Ferne, aus der man sie erhielt, und die Heiligkeit ihres Altertums, da sie sorgfältiger bewahrt, oft das Besitztum mehrerer Nachkommenschaften wurden, die Neigung zu diesen stummen Gefährten des Lebens. Oft wurden sie zu dem Rang von geweihten Pfändern eines besondern Segens und Schicksals erhoben, und das Wohl ganzer Reiche und weitverbreiteter Familien hing an ihrer Erhaltung. Eine *liebliche* Armut schmückte diese Zeiten mit einer eigentümlichen ernsten und unschuldigen Einfalt; und die sparsam verteilten Kleinodien glänzten desto bedeutender in dieser Dämmerung, und erfüllten ein sinniges Gemüt mit wunderbaren Erwartungen. Wenn es wahr ist, daß erst eine geschickte Verteilung von Licht, Farbe und Schatten die verborgene Herrlichkeit der sichtbaren Welt offenbart, und sich hier ein neues höheres Auge aufzutun scheint: so war damals überall eine ähnliche Verteilung und Wirtschaftlichkeit wahrzunehmen; da hingegen die neuere wohlhabendere Zeit das einförmige und unbedeutendere Bild eines allgemeinen Tages darbietet. In allen Übergängen scheint, wie in einem

Zwischenreiche, eine höhere, geistliche Macht durchbrechen zu wollen; und wie auf der Oberfläche unseres Wohnplatzes die an unterirdischen und überirdischen Schätzen reichsten Gegenden in der Mitte zwischen den wilden, unwirtlichen Urgebirgen und den unermeßlichen Ebenen liegen, so hat sich auch zwischen den rohen Zeiten der Barbarei und dem kunstreichen, vielwissenden und begüterten Weltalter eine tiefsinnige und romantische Zeit niedergelassen, die unter schlichtem Kleide eine höhere Gestalt verbirgt. Wer wandelt nicht gern im Zwielichte, wenn die Nacht am Lichte und das Licht an der Nacht in höhere Schatten und Farben zerbricht; und also vertiefen wir uns willig in die Jahre, wo Heinrich lebte und jetzt neuen Begebenheiten mit vollem Herzen entgegenging. Er nahm Abschied von seinen Gespielen und seinem Lehrer, dem alten weisen Hofkaplan, der Heinrichs fruchtbare Anlagen kannte, und ihn mit gerührtem Herzen und einem stillen Gebete entließ. Die Landgräfin war seine Patin; er war oft auf der Wartburg bei ihr gewesen. Auch jetzt beurlaubte er sich bei seiner Beschützerin, die ihm gute Lehren und eine goldene Halskette verehrte, und mit freundlichen Äußerungen von ihm schied.

In wehmütiger Stimmung verließ Heinrich seinen Vater und seine Geburtsstadt. Es ward ihm jetzt erst deutlich, was Trennung sei; die Vorstellungen von der Reise waren nicht von dem sonderbaren Gefühle begleitet gewesen, was er jetzt empfand, als zuerst seine bisherige Welt von ihm gerissen und er wie auf ein fremdes Ufer gespült ward. Unendlich ist die jugendliche Trauer bei dieser ersten Erfahrung der Vergänglichkeit der irdischen Dinge, die dem unerfahrnen Gemüt so notwendig, und unentbehrlich, so fest verwachsen mit dem eigentümlichsten Dasein und so unveränderlich, wie dieses, vorkommen müssen. Eine erste Ankündigung des Todes, bleibt die erste Trennung unvergeßlich, und wird, nachdem sie lange wie ein nächtliches Gesicht den Menschen beängstigt hat, endlich bei abnehmender Freude an den Erscheinungen des Tages, und zunehmender Sehnsucht nach einer bleibenden sichern Welt, zu einem freundlichen Wegweiser und einer tröstenden Bekanntschaft. Die Nähe seiner Mutter tröstete den Jüngling sehr. Die alte Welt schien noch nicht ganz verloren, und er umfaßte sie mit doppelter Innigkeit. Es war früh am Tage, als die Reisenden aus den Toren von Eisenach fortritten, und die Dämmerung begünstigte Heinrichs gerührte Stimmung. Je heller es ward, desto bemerklicher wurden ihm die neuen unbekannten Gegenden; und als auf einer Anhöhe die verlassene Landschaft von der aufgehenden Sonne auf einmal erleuchtet wurde, so fielen dem überraschten Jüngling alte Melodien seines

Innern in den trüben Wechsel seiner Gedanken ein. Er sah sich an der Schwelle der Ferne, in die er oft vergebens von den nahen Bergen geschaut, und die er sich mit sonderbaren Farben ausgemalt hatte. Er war im Begriff, sich in ihre blaue Flut zu tauchen. Die Wunderblume stand vor ihm, und er sah nach Thüringen, welches er jetzt hinter sich ließ, mit der seltsamen Ahndung hinüber, als werde er nach langen Wanderungen von der Weltgegend her, nach welcher sie jetzt reisten, in sein Vaterland zurückkommen, und als reise er daher diesem eigentlich zu. Die Gesellschaft, die anfänglich aus ähnlichen Ursachen still gewesen war, fing nachgerade an aufzuwachen, und sich mit allerhand Gesprächen und Erzählungen die Zeit zu verkürzen. Heinrichs Mutter glaubte ihren Sohn aus den Träumereien reißen zu müssen, in denen sie ihn versunken sah, und fing an ihm von ihrem Vaterlande zu erzählen, von dem Hause ihres Vaters und dem fröhlichen Leben in Schwaben. Die Kaufleute stimmten mit ein, und bekräftigten die mütterlichen Erzählungen, rühmten die Gastfreiheit des alten Schwaning, und konnten nicht aufhören, die schönen Landsmänninnen ihrer Reisegefährtin zu preisen. „Ihr tut wohl", sagten sie, „daß Ihr Euren Sohn dorthin führt. Die Sitten Eures Vaterlandes sind milder und gefälliger. Die Menschen wissen das Nützliche zu befördern, ohne das Angenehme zu verachten. Jedermann sucht seine Bedürfnisse auf eine gesellige und reizende Art zu befriedigen. Der Kaufmann befindet sich wohl dabei, und wird geehrt. Die Künste und Handwerke vermehren und veredeln sich, den Fleißigen dünkt die Arbeit leichter, weil sie ihm zu mannigfachen Annehmlichkeiten verhilft, und er, indem er eine einförmige Mühe übernimmt, sicher ist, die bunten Früchte mannigfacher und belohnender Beschäftigungen dafür mitzugenießen. Geld, Tätigkeit und Waren erzeugen sich gegenseitig, und treiben sich in raschen Kreisen, und das Land und die Städte blühen auf. Je eifriger der Erwerbfleiß die Tage benutzt, desto ausschließlicher ist der Abend den reizenden Vergnügungen der schönen Künste und des geselligen Umgangs gewidmet. Das Gemüt sehnt sich nach Erholung und Abwechselung, und wo sollte es diese auf eine anständigere und reizendere Art finden, als in der Beschäftigung mit den freien Spielen und Erzeugnissen seiner edelsten Kraft, des bildenden Tiefsinns. Nirgends hört man so anmutige Sänger, findet so herrliche Maler, und nirgends sieht man auf den Tanzsälen leichtere Bewegungen und lieblichere Gestalten. Die Nachbarschaft von Welschland zeigt sich in dem ungezwungenen Betragen und den einnehmenden Gesprächen. Euer Geschlecht darf die Gesellschaften schmücken, und ohne Furcht vor Nachrede mit holdseligem Bezeigen einen lebhaften Wetteifer, seine Aufmerksamkeit zu fesseln, erregen. Die rauhe

Ernsthaftigkeit und die wilde Ausgelassenheit der Männer macht einer milden Lebendigkeit und sanfter bescheidner Freude Platz, und die Liebe wird in tausendfachen Gestalten der leitende Geist der glücklichen Gesellschaften. Weit entfernt, daß Ausschweifungen und unziemende Grundsätze dadurch sollten herbeigelockt werden, scheint es, als flöhen die bösen Geister die Nähe der Anmut, und gewiß sind in ganz Deutschland keine unbescholtenere Mädchen und keine treuere Frauen, als in Schwaben.

Ja, junger Freund, in der klaren warmen Luft des südlichen Deutschlands werdet Ihr Eure ernste Schüchternheit wohl ablegen; die fröhlichen Mädchen werden Euch wohl geschmeidig und gesprächig machen. Schon Euer Name, als Fremder, und Eure nahe Verwandtschaft mit dem alten Schwaning, der die Freude jeder fröhlichen Gesellschaft ist, werden die reizenden Augen der Mädchen auf sich ziehn; und wenn Ihr Eurem Großvater folgt, so werdet Ihr gewiß unsrer Vaterstadt eine ähnliche Zierde in einer holdseligen Frau mitbringen, wie Euer Vater." Mit freundlichem Erröten dankte Heinrichs Mutter für das schöne Lob ihres Vaterlandes, und die gute Meinung von ihren Landsmänninnen, und der gedankenvolle Heinrich hatte nicht umhin gekonnt, aufmerksam und mit innigem Wohlgefallen der Schilderung des Landes, dessen Anblick ihm bevorstand, zuzuhören. „Wenn Ihr auch", fuhren die Kaufleute fort, „die Kunst Eures Vaters nicht ergreifen, und lieber, wie wir gehört haben, Euch mit gelehrten Dingen befassen wollt: so braucht Ihr nicht Geistlicher zu werden, und Verzicht auf die schönsten Genüsse dieses Lebens zu leisten. Es ist eben schlimm genug, daß die Wissenschaften in den Händen eines so von dem weltlichen Leben abgesonderten Standes, und die Fürsten von so ungeselligen und wahrhaft unerfahrenen Männern beraten sind. In der Einsamkeit, in welcher sie nicht selbst teil an den Weltgeschäften nehmen, müssen ihre Gedanken eine unnütze Wendung erhalten, und können nicht auf die wirklichen Vorfälle passen. In Schwaben trefft Ihr auch wahrhaft kluge und erfahrne Männer unter den Laien; und Ihr mögt nun wählen, welchen Zweig menschlicher Kenntnisse Ihr wollt: so wird es Euch nicht an den besten Lehrern und Ratgebern fehlen." Nach einer Weile sagte Heinrich, dem bei dieser Rede sein Freund der Hofkaplan in den Sinn gekommen war: „Wenn ich bei meiner Unkunde von der Beschaffenheit der Welt Euch auch eben nicht abfällig sein kann, in dem was ihr von der Unfähigkeit der Geistlichen zu Führung und Beurteilung weltlicher Angelegenheiten behauptet: so ist mirs doch wohl erlaubt, euch an unsern trefflichen Hofkaplan zu erinnern, der gewiß ein Muster eines weisen Mannes ist, und dessen Lehren und Ratschläge mir unvergessen sein werden."

„Wir ehren", erwiderten die Kaufleute, „diesen trefflichen Mann von ganzem Herzen; aber dennoch können wir nur insofern Eurer Meinung Beifall geben, daß er ein weiser Mann sei, wenn Ihr von jener Weisheit sprecht, die einen Gott wohlgefälligen Lebenswandel angeht. Haltet Ihr ihn für ebenso weltklug, als er in den Sachen des Heils geübt und unterrichtet ist: so erlaubt uns, daß wir Euch nicht beistimmen. Doch glauben wir, daß dadurch der heilige Mann nichts von seinem verdienten Lobe verliert; da er viel zu vertieft in der Kunde der überirdischen Welt ist, als daß er nach Einsicht und Ansehn in irdischen Dingen streben sollte."

„Aber", sagte Heinrich, „sollte nicht jene höhere Kunde ebenfalls geschickt machen, recht unparteiisch den Zügel menschlicher Angelegenheiten zu führen? sollte nicht jene kindliche unbefangene Einfalt sicherer den richtigen Weg durch das Labyrinth der hiesigen Begebenheiten treffen als die durch Rücksicht auf eigenen Vorteil irregeleitete und gehemmte, von der unerschöpflichen Zahl neuer Zufälle und Verwickelungen geblendete Klugheit? Ich weiß nicht, aber mich dünkt, ich sähe zwei Wege um zur Wissenschaft der menschlichen Geschichte zu gelangen. Der eine, mühsam und unabsehlich, mit unzähligen Krümmungen, der Weg der Erfahrung; der andere, fast ein Sprung nur, der Weg der innern Betrachtung. Der Wanderer des ersten muß eins aus dem andern in einer langwierigen Rechnung finden, wenn der andere die Natur jeder Begebenheit und jeder Sache gleich unmittelbar anschaut, und sie in ihrem lebendigen, mannigfaltigen Zusammenhange betrachten, und leicht mit allen übrigen, wie Figuren auf einer Tafel, vergleichen kann. Ihr müßt verzeihen, wenn ich wie aus kindischen Träumen vor euch rede: nur das Zutrauen zu eurer Güte und das Andenken meines Lehrers, der den zweiten Weg mir als seinen eignen von weitem gezeigt hat, machte mich so dreist."

„Wir gestehen Euch gern", sagten die gutmütigen Kaufleute, „daß wir Eurem Gedankengange nicht zu folgen vermögen: doch freut es uns, daß Ihr so warm Euch des trefflichen Lehrers erinnert, und seinen Unterricht wohl gefaßt zu haben scheint.

Es dünkt uns, Ihr habt Anlage zum Dichter. ihr sprecht so geläufig von den Erscheinungen Eures Gemüts, und es fehlt Euch nicht an gewählten Ausdrücken und passenden Vergleichungen. Auch neigt Ihr Euch zum Wunderbaren, als dem Elemente der Dichter."

„Ich weiß nicht", sagte Heinrich, „wie es kommt. Schon oft habe ich von Dichtern und Sängern sprechen gehört, und habe noch nie einen gesehn. Ja, ich kann mir nicht einmal einen Begriff von ihrer sonderbaren Kunst machen, und doch habe ich eine große Sehnsucht davon zu hören. Es ist mir, als würde ich manches besser verstehen, was jetzt nur dunkle Ahndung in mir ist. Von Gedichten ist oft erzählt worden, aber nie habe ich eins zu sehen bekommen, und mein Lehrer hat nie Gelegenheit gehabt Kenntnisse von dieser Kunst einzuziehn. Alles, was er mir davon gesagt hat, habe ich nicht deutlich begreifen können. Doch meinte er immer, es sei eine edle Kunst, der ich mich ganz ergeben würde, wenn ich sie einmal kennen lernte. In alten Zeiten sei sie weit gemeiner gewesen, und habe jedermann einige Wissenschaft davon gehabt, jedoch einer vor dem andern. Sie sei noch mit andern verlorengegangenen herrlichen Künsten verschwistert gewesen. Die Sänger hätten göttliche Gunst hoch geehrt, so daß sie, begeistert durch unsichtbaren Umgang, himmlische Weisheit auf Erden in lieblichen Tönen verkündigen können."

Die Kaufleute sagten darauf: „Wir haben uns freilich nie um die Geheimnisse der Dichter bekümmert, wenn wir gleich mit Vergnügen ihrem Gesange zugehört. Es mag wohl wahr sein, daß eine besondere Gestirnung dazu gehört, wenn ein Dichter zur Welt kommen soll; denn es ist gewiß eine recht wunderbare Sache mit dieser Kunst. Auch sind die andern Künste gar sehr davon unterschieden, und lassen sich weit eher begreifen. Bei den Malern und Tonkünstlern kann man leicht einsehn, wie es zugeht, und mit Fleiß und Geduld läßt sich beides lernen. Die Töne liegen schon in den Saiten, und es gehört nur eine Fertigkeit dazu, diese zu bewegen, um jene in einer reizenden Folge aufzuwecken. Bei den Bildern ist die Natur die herrlichste Lehrmeisterin. Sie erzeugt unzählige schöne und wunderliche Figuren, gibt die Farben, das Licht und den Schatten, und so kann eine geübte Hand, ein richtiges Auge, und die Kenntnis von der Bereitung und Vermischung der Farben, die Natur auf das vollkommenste nachahmen. Wie natürlich ist daher auch die Wirkung dieser Künste, das Wohlgefallen an ihren Werken, zu begreifen. Der Gesang der Nachtigall, das Sausen des Windes, und die herrlichen Lichter, Farben und Gestalten gefallen uns, weil sie unsere Sinne angenehm beschäftigen; und da unsere Sinne dazu von der Natur, die auch jenes hervorbringt, so eingerichtet sind, so muß uns auch die künstliche Nachahmung der Natur gefallen. Die Natur will selbst auch einen Genuß von ihrer großen Künstlichkeit haben, und darum hat sie sich in Menschen verwandelt, wo sie nun selber sich über ihre Herrlichkeit freut, das Angenehme und Liebliche von den Dingen absondert, und es auf solche Art allein hervorbringt, daß sie es auf mannigfaltigere Weise, und zu allen Zeiten und allen Orten haben und genießen kann. Dagegen ist von der Dichtkunst sonst nirgends äußerlich etwas anzutreffen. Auch schafft sie nichts mit Werkzeugen und Händen; das Auge und das Ohr vernehmen nichts davon: denn das bloße Hören der Worte ist nicht die eigentliche Wirkung dieser geheimen Kunst. Es ist alles innerlich, und wie jene Künstler die äußern Sinne mit angenehmen Empfindungen erfüllen, so erfüllt der Dichter das inwendige Heiligtum des Gemüts mit neuen, wunderbaren und gefälligen Gedanken. Er weiß jene geheimen Kräfte in uns nach Belieben zu erregen, und gibt uns durch Worte eine unbekannte herrliche Welt zu vernehmen. Wie aus tiefen Höhlen steigen alte und künftige Zeiten, unzählige Menschen, *wunderbare* Gegenden, und die seltsamsten Begebenheiten in uns herauf, und entreißen uns der bekannten Gegenwart. Man hört fremde Worte und weiß doch, was sie bedeuten sollen. Eine magische Gewalt üben die Sprüche des Dichters aus; auch die gewöhnlichen Worte kommen in reizenden Klängen vor, und berauschen die festgebannten Zuhörer."

„Ihr verwandelt meine Neugierde in heiße Ungeduld", sagte Heinrich. „Ich bitte euch, erzählt mir von allen Sängern, die ihr gehört habt. Ich kann nicht genug von diesen besonderen Menschen hören. Mir ist auf einmal, als hätte ich irgendwo schon davon in meiner tiefsten Jugend reden hören, doch kann ich mich schlechterdings nichts mehr davon entsinnen. Aber mir ist das, was ihr sagt, so klar, so bekannt, und ihr macht mir ein außerordentliches Vergnügen mit euren schönen Beschreibungen."

„Wir erinnern uns selbst gern", fuhren die Kaufleute fort, „mancher frohen Stunden, die wir in Welschland, Frankreich und Schwaben in der Gesellschaft von Sängern zugebracht haben, und freuen uns, daß Ihr so lebhaften Anteil an unsern Reden nehmet. Wenn man so in Gebürgen reist, spricht es sich mit doppelter Annehmlichkeit, und die Zeit vergeht spielend. Vielleicht ergötzt es Euch, einige artige Geschichten von Dichtern zu hören, die wir auf unsern Reisen erfuhren. Von den Gesängen selbst, die wir gehört haben, können wir wenig sagen, da die Freude und der Rausch des Augenblicks das Gedächtnis hindert viel zu behalten, und die unaufhörlichen Handelsgeschäfte manches Andenken auch wieder verwischt haben.

In alten Zeiten muß die ganze Natur lebendiger und sinnvoller gewesen sein als heutzutage. Wirkungen, die jetzt kaum noch die Tiere zu bemerken scheinen, und die Menschen eigentlich allein noch empfinden und genießen, bewegten damals leblose Körper; und so war es möglich, daß kunstreiche Menschen allein Dinge möglich machten und Erscheinungen hervorbrachten, die uns jetzt völlig unglaublich und fabelhaft dünken. So sollen vor uralten Zeiten in den Ländern des jetzigen Griechischen Kaisertums, wie uns Reisende berichtet, die diese Sagen noch dort unter dem gemeinen Volke angetroffen haben, Dichter gewesen sein, die durch den seltsamen Klang wunderbarer Werkzeuge das geheime Leben der Wälder, die in den Stämmen verborgenen Geister aufgeweckt, in wüsten, verödeten Gegenden den toten Pflanzensamen erregt, und blühende Gärten hervorgerufen, grausame Tiere gezähmt und verwilderte Menschen zu Ordnung und Sitte gewöhnt, sanfte Neigungen und Künste des Friedens in ihnen rege gemacht, reißende Flüsse in milde Gewässer verwandelt, und selbst die totesten Steine in regelmäßige tanzende Bewegungen hingerissen haben. Sie sollen zugleich Wahrsager und Priester, Gesetzgeber und Ärzte gewesen sein, indem selbst die höhern Wesen durch ihre zauberische Kunst herabgezogen worden sind, und sie in den Geheimnissen der Zukunft unterrichtet, das Ebenmaß und die natürliche Einrichtung aller Dinge, auch die innern Tugenden und Heilkräfte der Zahlen, Gewächse und aller Kreaturen, ihnen offenbart. Seitdem sollen, wie die Sage lautet, erst die mannigfaltigen Töne und die sonderbaren Sympathien und Ordnungen in die Natur gekommen sein, indem vorher alles wild, unordentlich und feindselig gewesen ist. Seltsam ist nur hiebei, daß zwar diese schönen Spuren, zum Andenken der Gegenwart jener wohltätigen Menschen, geblieben sind, aber entweder ihre Kunst, oder jene zarte Gefühligkeit der Natur verloren gegangen ist. In diesen Zeiten hat es sich unter andern einmal zugetragen, daß einer jener sonderbaren Dichter oder mehr Tonkünstler – wiewohl die Musik und Poesie wohl ziemlich eins sein mögen und vielleicht ebenso zusammen gehören wie Mund und Ohr, da der erste nur ein bewegliches und antwortendes Ohr ist – daß also dieser Tonkünstler übers Meer in ein fremdes Land reisen wollte. Er war reich an schönen Kleinodien und köstlichen Dingen, die ihm aus Dankbarkeit verehrt worden waren. Er fand ein Schiff am Ufer, und die Leute darin schienen bereitwillig, ihn für den verheißenen Lohn nach der verlangten Gegend zu fahren. Der Glanz und die Zierlichkeit seiner Schätze reizten aber bald ihre Habsucht so sehr, daß sie untereinander verabredeten, sich seiner zu bemächtigen, ihn ins Meer zu werfen und nachher seine Habe untereinander zu verteilen. Wie sie also mitten im

Meere waren, fielen sie über ihn her, und sagten ihm, daß er sterben müsse, weil sie beschlossen hätten, ihn ins Meer zu werfen. Er bat sie auf die rührendste Weise um sein Leben, bot ihnen seine Schätze zum Lösegeld an, und prophezeite ihnen großes Unglück, wenn sie ihren Vorsatz ausführen würden. Aber weder das eine, noch das andere konnte sie bewegen: denn sie fürchteten sich, daß er ihre bösliche Tat einmal verraten möchte. Da er sie nun einmal so fest entschlossen sah, bat er sie ihm wenigstens zu erlauben, daß er noch vor seinem Ende seinen Schwanengesang spielen dürfe, dann wolle er mit seinem schlichten hölzernen Instrumente, vor ihren Augen freiwillig ins Meer springen. Sie wußten recht wohl, daß wenn sie seinen Zaubergesang hörten, ihre Herzen erweicht, und sie von Reue ergriffen werden würden; daher nahmen sie sich vor, ihm zwar diese letzte Bitte zu gewähren, während des Gesanges aber sich die Ohren fest zu verstopfen, daß sie nichts davon vernähmen, und so bei ihrem Vorhaben bleiben könnten. Dies geschah. Der Sänger stimmte einen herrlichen, unendlich rührenden Gesang an. Das ganze Schiff tönte mit, die Wellen klangen, die Sonne und die Gestirne erschienen zugleich am Himmel, und aus den grünen Fluten tauchten tanzende Scharen von Fischen und Meerungeheuern hervor. Die Schiffer standen feindselig allein mit festverstopften Ohren, und warteten voll Ungeduld auf das Ende des Liedes. Bald war es vorüber. Da sprang der Sänger mit heitrer Stirn in den dunkeln Abgrund hin, sein wundertätiges Werkzeug im Arm. Er hatte kaum die glänzenden Wogen berührt, so hob sich der breite Rücken eines dankbaren Untiers unter ihm hervor, und es schwamm schnell mit dem erstaunten Sänger davon. Nach kurzer Zeit hatte es mit ihm die Küste erreicht, nach der er hingewollt hatte, und setzte ihn sanft im Schilfe nieder. Der Dichter sang seinem Retter ein frohes Lied, und ging dankbar von dannen. Nach einiger Zeit ging er einmal am Ufer des Meers allein, und klagte in süßen Tönen über seine verlorenen Kleinode, die ihm als Erinnerungen glücklicher Stunden und als Zeichen der Liebe und Dankbarkeit so wert gewesen waren. Indem er so sang, kam plötzlich sein alter Freund im Meere fröhlich daher gerauscht, und ließ aus seinem Rachen die geraubten Schätze auf den Sand fallen. Die Schiffer hatten, nach des Sängers Sprunge, sich sogleich in seine Hinterlassenschaft zu teilen angefangen. Bei dieser Teilung war Streit unter ihnen entstanden, und hatte sich in einen mörderischen Kampf geendigt, der den meisten das Leben gekostet; die wenigen, die übrig geblieben, hatten allein das Schiff nicht regieren können, und es war bald auf den Strand geraten, wo es scheiterte und unterging. Sie brachten mit genauer Not das Leben davon, und kamen mit leeren Händen und zerrissenen Kleidern ans Land, und so kehrten durch die Hülfe des dankbaren Meertiers, das die Schätze im Meere aufsuchte, dieselben in die Hände ihres alten Besitzers zurück."

Drittes Kapitel

Eine andere Geschichte", fuhren die Kaufleute nach einer Pause fort, „die freilich nicht so wunderbar und auch aus späteren Zeiten ist, wird Euch vielleicht doch gefallen und Euch mit den Wirkungen jener wunderbaren Kunst noch bekannter machen. Ein alter König hielt einen glänzenden Hof. Weit und breit strömten Menschen herzu, um teil an der Herrlichkeit seines Lebens zu haben, und es gebrach weder den täglichen Festen an Überfluß köstlicher Waren des Gaumens, noch an Musik, prächtigen Verzierungen und Trachten, und tausend abwechselnden Schauspielen und Zeitvertreiben, noch endlich an sinnreicher Anordnung, an klugen, gefälligen, und unterrichteten Männern zur Unterhaltung und Beseelung der Gespräche, und an schöner, anmutiger Jugend von beiden Geschlechtern, die die eigentliche Seele reizender Feste ausmachen. Der alte König, der sonst ein strenger und ernster Mann war, hatte zwei Neigungen, die der wahre Anlaß dieser prächtigen Hofhaltung waren, und denen sie ihre schöne Einrichtung zu danken hatte. Eine war die Zärtlichkeit für seine Tochter, die ihm als Andenken seiner früh verstorbenen Gemahlin und als ein unaussprechlich liebenswürdiges Mädchen unendlich teuer war, und für die er gern alle Schätze der Natur und alle Macht des menschlichen Geistes aufgeboten hätte, um ihr einen Himmel auf Erden zu verschaffen. Die andere war eine wahre Leidenschaft für die Dichtkunst und ihre Meister. Er hatte von Jugend auf die Werke der Dichter mit innigem Vergnügen gelesen, an ihre Sammlung aus allen Sprachen großen Fleiß und große Summen gewendet, und von jeher den Umgang der Sänger über alles geschätzt. Von allen Enden zog er sie an seinen Hof und überhäufte sie mit Ehren. Er ward nicht müde, ihren Gesängen zuzuhören, und vergaß oft die wichtigsten Angelegenheiten, ja die Bedürfnisse des Lebens über einem neuen, hinreißenden Gesange. Seine Tochter war unter Gesängen aufgewachsen, und ihre ganze Seele war ein zartes Lied geworden, ein einfacher Ausdruck der Wehmut und Sehnsucht. Der wohltätige Einfluß der beschützten und geehrten Dichter zeigte sich im ganzen Lande, besonders aber am Hofe. Man genoß das Leben mit langsamen, kleinen Zügen wie einen köstlichen Trank, und mit desto reinerem Wohlbehagen, da alle widrige gehässige Leidenschaften, wie Mißtöne von der sanften harmonischen Stimmung verscheucht wurden, die in allen Gemütern herrschend war. Frieden der Seele und innres seliges Anschauen einer selbst geschaffenen, glücklichen Welt war das Eigentum dieser wunderbaren Zeit geworden, und die Zwietracht erschien nur in den alten Sagen der Dichter, als eine ehmalige Feindin der Menschen. Es schien, als hätten die Geister des Gesanges ihrem Beschützer kein lieblicheres Zeichen der Dankbarkeit geben können, als seine Tochter, die alles besaß, was die süßeste Einbildungskraft nur in der zarten Gestalt eines Mädchens vereinigen konnte. Wenn man sie an den schönen Festen unter einer Schar reizender Gespielen, im weißen glänzenden Gewande erblickte, wie sie den Wettgesängen der begeisterten Sänger mit tiefem Lauschen zuhörte, und errötend einen duftenden Kranz auf die Locken des Glücklichen drückte, dessen Lied den Preis gewonnen hatte: so hielt man sie für die sichtbare Seele jener herrlichen Kunst, die jene Zaubersprüche beschworen hätten, und hörte auf sich über die Entzückungen und Melodien der Dichter zu wundern.

Mitten in diesem irdischen Paradiese schien jedoch ein geheimnisvolles Schicksal zu schweben. Die einzige Sorge der Bewohner dieser Gegenden betraf die Vermählung der aufblühenden Prinzessin, von der die Fortdauer dieser seligen Zeiten und das Verhängnis des ganzen Landes abhing. Der König ward immer älter. Ihm selbst schien diese Sorge lebhaft am Herzen zu liegen, und doch zeigte sich keine Aussicht zu einer Vermählung für sie, die allen Wünschen angemessen gewesen wäre. Die heilige Ehrfurcht für das königliche Haus erlaubte keinem Untertan, an die Möglichkeit zu denken, die Prinzessin zu besitzen. Man betrachtete sie wie ein überirdisches Wesen, und alle Prinzen aus andern Ländern, die sich mit Ansprüchen auf sie am Hofe gezeigt hatten, schienen so tief unter ihr zu sein, daß kein Mensch auf den Einfall kam, die Prinzessin oder der König werde die Augen auf einen unter ihnen richten. Das Gefühl des Abstandes hatte sie auch allmählich alle verscheucht, und das ausgesprengte Gerücht des ausschweifenden Stolzes dieser königlichen Familie schien andern alle Lust zu benehmen, sich ebenfalls gedemütigt zu sehn. Ganz ungegründet war auch dieses Gerücht nicht. Der König war bei aller Milde beinah unwillkürlich in ein Gefühl der Erhabenheit geraten, was ihm jeden Gedanken an die Verbindung seiner Tochter mit einem Manne von niedrigerem Stande und dunklerer Herkunft unmöglich oder unerträglich machte. Ihr hoher, einziger Wert hatte jenes Gefühl in ihm immer mehr bestätigt. Er war aus einer uralten morgenländischen Königsfamilie entsprossen. Seine Gemahlin war der letzte Zweig der Nachkommenschaft des berühmten Helden Rustan gewesen. Seine Dichter hatten ihm unaufhörlich von seiner Verwandtschaft mit den ehemaligen übermenschlichen Beherrschern der Welt vorgesungen, und in dem Zauberspiegel ihrer Kunst war ihm der Abstand seiner Herkunft von dem Ursprunge der andern Menschen, die Herrlichkeit seines Stammes noch heller erschienen, so daß es ihn dünkte, nur durch die edlere Klasse der Dichter mit dem übrigen Menschengeschlechte zusammenzuhängen. Vergebens sah er sich mit voller Sehnsucht nach einem zweiten Rustan um, indem er fühlte, daß das Herz seiner aufblühenden Tochter, der Zustand seines Reichs, und sein zunehmendes Alter ihre Vermählung in aller Absicht sehr wünschenswert machten.

Nicht weit von der Hauptstadt lebte auf einem abgelegenen Landgute ein alter Mann, der sich ausschließlich mit der Erziehung seines einzigen Sohnes beschäftigte, und nebenher den Landleuten in wichtigen Krankheiten Rat erteilte. Der junge Mensch war ernst und ergab sich einzig der Wissenschaft der Natur, in welcher ihn sein Vater von Kindheit auf unterrichtete. Aus fernen Gegenden war der Alte vor mehreren Jahren in dies friedliche und blühende Land gezogen, und begnügte sich den wohltätigen Frieden, den der König um sich verbreitete, in der Stille zu genießen. Er benutzte sie, die Kräfte der Natur zu erforschen, und diese hinreißenden Kenntnisse seinem Sohne mitzuteilen, der viel Sinn dafür verriet und dessen tiefem Gemüt die Natur bereitwillig ihre Geheimnisse anvertraute. Die Gestalt des jungen Menschen schien gewöhnlich und unbedeutend, wenn man nicht einen höhern Sinn für die geheimere Bildung seines edlen Gesichts und die ungewöhnliche Klarheit seiner Augen mitbrachte. Je länger man ihn ansah, desto anziehender ward er, und man konnte sich kaum wieder von ihm trennen, wenn man seine sanfte, eindringende Stimme und seine anmutige Gabe zu sprechen hörte. Eines Tages hatte die Prinzessin, deren Lustgärten an den Wald stießen, der das Landgut des Alten in einem kleinen Tale verbarg, sich allein zu Pferde in den Wald begeben, um desto ungestörter ihren Phantasien nachhängen und einige schöne Gesänge sich wiederholen zu können. Die Frische des hohen Waldes lockte sie immer tiefer in seine Schatten, und so kam sie endlich an das Landgut, wo der Alte mit seinem Sohne lebte. Es kam ihr die Lust an, Milch zu trinken, sie stieg ab, band ihr Pferd an einen Baum, und trat in das Haus, um sich einen Trunk Milch auszubitten. Der Sohn war gegenwärtig, und erschrak beinah über diese zauberhafte Erscheinung eines majestätischen weiblichen Wesens, das mit allen Reizen der Jugend und Schönheit geschmückt, und von einer unbeschreiblich anziehenden Durchsichtigkeit der zartesten, unschuldigsten und edelsten Seele beinah vergöttlicht wurde. Während er eilte ihre wie Geistergesang tönende Bitte zu erfüllen, trat ihr der Alte mit bescheidner Ehrfurcht entgegen, und lud sie ein, an dem einfachen Herde, der mitten im Hause stand, und auf welchem eine leichte blaue Flamme ohne Geräusch emporspielte, Platz zu nehmen. Es fiel ihr, gleich beim Eintritt, der mit tausend seltenen Sachen gezierte Hausraum, die Ordnung und Reinlichkeit des Ganzen, und eine seltsame Heiligkeit des Ortes auf, deren Eindruck noch durch den schlicht gekleideten ehrwürdigen Greis und den bescheidnen Anstand des Sohnes erhöhet wurde. Der Alte hielt sie gleich für eine zum Hof gehörige Person, wozu ihre kostbare Tracht, und ihr edles Betragen ihm Anlaß genug gab. Während der Abwesenheit des Sohnes befragte sie ihn um einige Merkwürdigkeiten, die ihr vorzüglich in die Augen fielen, worunter besonders einige alte, sonderbare Bilder waren, die neben ihrem Sitze auf dem Herde standen, und er war bereitwillig sie auf eine anmutige Art damit bekannt zu machen. Der Sohn kam bald mit einem Kruge voll frischer Milch zurück, und reichte ihr denselben mit ungekünsteltem und ehrfurchtsvollem Wesen. Nach einigen anziehenden Gesprächen mit beiden, dankte sie auf die lieblichste Weise für die freundliche Bewirtung, bat errötend den Alten um die Erlaubnis wiederkommen, und seine lehrreichen Gespräche über die vielen wunderbaren Sachen genießen zu dürfen, und ritt zurück, ohne ihren Stand verraten zu haben, da sie merkte, daß Vater und Sohn sie nicht kannten. Ohnerachtet die Hauptstadt so nahe lag, hatten beide, in ihre Forschungen vertieft, das Gewühl der Menschen zu vermeiden gesucht, und es war dem Jüngling nie eine Lust angekommen, den Festen des Hofes beizuwohnen; besonders da er seinen Vater höchstens auf eine Stunde zu verlassen pflegte, um zuweilen im Walde nach Schmetterlingen, Käfern und Pflanzen umherzugehn, und die Eingebungen des stillen Naturgeistes durch den Einfluß seiner mannigfaltigen äußeren Lieblichkeiten zu vernehmen. Dem Alten, der Prinzessin und dem Jüngling war die einfache Begebenheit des Tages gleich wichtig. Der Alte hatte leicht den neuen tiefen Eindruck bemerkt, den die Unbekannte auf seinen Sohn machte. Er kannte diesen genug, um zu wissen, daß jeder tiefe Eindruck bei ihm ein lebenslänglicher sein würde. Seine Jugend und die Natur seines Herzens mußten die erste Empfindung dieser Art zur unüberwindlichen Neigung machen. Der Alte hatte lange eine solche Begebenheit herannahen sehen. Die hohe Liebenswürdigkeit der Erscheinung flößte ihm unwillkürlich eine innige Teilnahme ein, und sein zuversichtliches Gemüt entfernte alle Besorgnisse über die Entwickelung dieses sonderbaren Zufalls. Die Prinzessin hatte sich nie in einem ähnlichen Zustande befunden, wie der war, in welchem sie langsam nach Hause ritt. Es konnte vor der einzigen helldunklen wunderbar beweglichen Empfindung einer neuen Welt, kein eigentlicher Gedanke in ihr entstehen. Ein magischer Schleier dehnte sich in weiten Falten um ihr klares Bewußtsein. Es war ihr, als würde sie sich, wenn er aufgeschlagen würde, in einer überirdischen Welt befinden. Die Erinnerung an die Dichtkunst, die bisher ihre ganze Seele beschäftigt hatte, war zu einem fernen Gesange geworden, der ihren seltsam lieblichen Traum mit den ehemaligen Zeiten verband. Wie sie zurück in den Palast kam, erschrak sie beinah über seine Pracht und sein buntes Leben, noch mehr aber bei der Bewillkommung ihres Vaters, dessen Gesicht zum ersten Male in ihrem Leben eine scheue Ehrfurcht in ihr erregte. Es schien ihr eine unabänderliche Notwendigkeit, nichts von ihrem Abenteuer zu erwähnen. Man war ihre schwärmerische Ernsthaftigkeit, ihren in Phantasien und tiefes Sinnen verlernen Blick schon zu gewohnt, um etwas Außerordentliches darin zu bemerken. Es war ihr jetzt nicht mehr so lieblich zumute; sie schien sich unter lauter Fremden, und eine sonderbare Bänglichkeit begleitete sie bis an den Abend, wo das frohe Lied eines Dichters, der die Hoffnung pries, und von den Wundern des Glaubens an die Erfüllung unsrer Wünsche mit hinreißender Begeisterung sang, sie mit süßem Trost erfüllte und in die angenehmsten Träume wiegte. Der Jüngling hatte sich gleich nach ihrem Abschiede in den Wald verloren. An der Seite des Weges war er in Gebüschen bis an die Pforten des Gartens ihr gefolgt, und dann auf dem Wege zurückgegangen. Wie er so ging, sah er zu seinen Füßen einen hellen Glanz. Er bückte sich danach und hob einen dunkelroten Stein auf, der auf der einen Seite außerordentlich funkelte, und auf der andern eingegrabene unverständliche Chiffern zeigte. Er erkannte ihn für einen kostbaren Karfunkel, und glaubte ihn in der Mitte des Halsbandes an der Unbekannten bemerkt zu haben. Er eilte mit beflügelten Schritten nach Hause, als wäre sie noch dort, und brachte den Stein seinem Vater. Sie wurden einig, daß der Sohn den andern Morgen auf dem Weg zurückgehn und warten sollte, ob der Stein gesucht würde, wo er ihn dann zurückgeben könnte; sonst wollten sie ihn bis zu einem zweiten Besuche der Unbekannten aufheben, um ihr selbst ihn zu überreichen. Der Jüngling betrachtete fast die ganze Nacht den Karfunkel und fühlte gegen Morgen ein unwiderstehliches Verlangen, einige Worte auf den Zettel zu schreiben, in welchen er den Stein einwickelte. Er wußte selbst nicht genau, was er sich bei den Worten dachte, die er hinschrieb:

Es ist dem Stein ein rätselhaftes Zeichen
Tief eingegraben in sein glühend Blut,
Er ist mit einem Herzen zu vergleichen,
In dem das Bild der Unbekannten ruht.
Man sieht um jenen tausend Funken streichen,
Um dieses woget eine lichte Flut.
In jenem liegt des Glanzes Licht begraben,
Wird dieses auch das Herz des Herzens haben?

Kaum daß der Morgen anbrach, so begab er sich schon auf den Weg, und eilte der Pforte des Gartens zu.

Unterdessen hatte die Prinzessin abends beim Auskleiden den teuren Stein in ihrem Halsbande vermißt, der ein Andenken ihrer Mutter und noch dazu ein Talisman war, dessen Besitz ihr die Freiheit ihrer Person sicherte, indem sie damit nie in fremde Gewalt ohne ihren Willen geraten konnte.

Dieser Verlust befremdete sie mehr, als daß er sie erschreckt hätte. Sie erinnerte sich, ihn gestern bei dem Spazierritt noch gehabt zu haben, und glaubte fest, daß er entweder im Hause des Alten, oder auf dem Rückwege im Walde verloren gegangen sein müsse; der Weg war ihr noch in frischem Andenken, und so beschloß sie gleich früh den Stein aufzusuchen, und ward bei diesem Gedanken so heiter, daß es fast das Ansehn gewann, als sei sie gar nicht unzufrieden mit dem Verluste, weil er Anlaß gäbe jenen Weg sogleich noch einmal zu machen. Mit dem Tage ging sie durch den Garten nach dem Walde, und weil sie eilfertiger ging als gewöhnlich, so fand sie es ganz natürlich, daß ihr das Herz lebhaft schlug, und ihr die Brust beklomm. Die Sonne fing eben an, die Wipfel der alten Bäume zu vergolden, die sich mit sanftem Flüstern bewegten, als wollten sie sich gegenseitig aus nächtlichen Gesichtern erwecken, um die Sonne gemeinschaftlich zu begrüßen, als die Prinzessin durch ein fernes Geräusch veranlaßt, den Weg hinunter und den Jüngling auf sich zueilen sah, der im demselben Augenblick ebenfalls sie bemerkte.

Wie angefesselt blieb er eine Weile stehn, und blickte unverwandt sie an, gleichsam um sich zu überzeugen, daß ihre Erscheinung wirklich und keine Täuschung sei. Sie begrüßten sich mit einem zurückgehaltenen Ausdruck von Freude, als hätten sie sich schon lange gekannt und geliebt. Noch ehe die Prinzessin die Ursache ihres frühen Spazierganges ihm entdecken konnte, überreichte er ihr mit Erröten und Herzklopfen den Stein in dem beschriebenen

Zettel. Es war, als ahndete die Prinzessin den Inhalt der Zeilen. Sie nahm ihn stillschweigend mit zitternder Hand und hing ihm zur Belohnung für seinen glücklichen Fund beinah unwillkürlich eine goldne Kette um, die sie um den Hals trug. Beschämt kniete er vor ihr und konnte, da sie sich nach seinem Vater erkundigte, einige Zeit keine Worte finden. Sie sagte ihm halbleise, und mit niedergeschlagenen Augen, daß sie bald wieder zu ihnen kommen, und die Zusage des Vaters sie mit seinen Seltenheiten bekannt zu machen, mit vieler Freude benutzen würde.

Sie dankte dem Jünglinge noch einmal mit ungewöhnlicher Innigkeit und ging hierauf langsam, ohne sich umzusehen, zurück. Der Jüngling konnte kein Wort vorbringen. Er neigte sich ehrfurchtsvoll und sah ihr lange nach, bis sie hinter den Bäumen verschwand. Nach dieser Zeit vergingen wenig Tage bis zu ihrem zweiten Besuche, dem bald mehrere folgten. Der Jüngling ward unvermerkt ihr Begleiter bei diesen Spaziergängen. Er holte sie zu bestimmten Stunden am Garten ab, und brachte sie dahin zurück. Sie beobachtete ein unverbrüchliches Stillschweigen über ihren Stand, so zutraulich sie auch sonst gegen ihren Begleiter wurde, dem bald kein Gedanke in ihrer himmlischen Seele verborgen blieb. Es war, als flößte ihr die Erhabenheit ihrer Herkunft eine geheime Furcht ein. Der Jüngling gab ihr ebenfalls seine ganze Seele. Vater und Sohn hielten sie für ein vornehmes Mädchen vom Hofe. Sie hing an dem Alten mit der Zärtlichkeit einer Tochter. Ihre Liebkosungen gegen ihn waren die entzückenden Vorboten ihrer Zärtlichkeit gegen den Jüngling. Sie ward bald einheimisch in dem wunderbaren Hause; und wenn sie dem Alten und dem Sohne, der zu ihren Füßen saß, auf ihrer Laute reizende Lieder mit einer überirdischen Stimme vorsang, und letzteren in dieser lieblichen Kunst unterrichtete: so erfuhr sie dagegen von seinen begeisterten Lippen die Enträtselung der überall verbreiteten Naturgeheimnisse. Er lehrte ihr, wie durch wundervolle Sympathie die Welt entstanden sei, und die Gestirne sich zu melodischen Reigen vereinigt hätten. Die Geschichte der Vorwelt ging durch seine heiligen Erzählungen in ihrem Gemüt auf; und wie entzückt war sie, wenn ihr Schüler, in der Fülle seiner Eingebungen, die Laute ergriff und mit unglaublicher Gelehrigkeit in die wundervollsten Gesänge ausbrach. Eines Tages, wo ein besonders kühner Schwung sich seiner Seele in ihrer Gesellschaft bemächtigt hatte, und die mächtige Liebe auf dem Rückwege ihre jungfräuliche Zurückhaltung mehr als gewöhnlich überwand, so daß sie beide ohne selbst zu wissen wie einander in die Arme sanken, und der erste glühende Kuß sie auf ewig zusammenschmelzte, fing mit einbrechender Dämmerung ein gewaltiger Sturm in den Gipfeln der Bäume plötzlich zu toben an. Drohende Wetterwolken zogen mit tiefem nächtlichen Dunkel über sie her. Er eilte sie in Sicherheit vor dem fürchterlichen Ungewitter und den brechenden Bäumen zu bringen: aber er verfehlte in der Nacht und voll Angst wegen seiner Geliebten den Weg, und geriet immer tiefer in den Wald hinein. Seine Angst wuchs, wie er seinen Irrtum bemerkte. Die Prinzessin dachte an das Schrecken des Königs und des Hofes; eine unnennbare Ängstlichkeit fuhr zuweilen, wie ein zerstörender Strahl, durch ihre Seele, und nur die Stimme ihres Geliebten, der ihr unaufhörlich Trost zusprach, gab ihr Mut und Zutrauen zurück, und erleichterte ihre beklommne Brust. Der Sturm wütete fort; alle Bemühungen den Weg zu finden waren vergeblich, und sie priesen sich beide glücklich, bei der Erleuchtung eines Blitzes eine nahe Höhle an dem steilen Abhang eines waldigen Hügels zu entdecken, wo sie eine sichere Zuflucht gegen die Gefahren des Ungewitters zu finden hofften, und eine Ruhestätte für ihre erschöpften Kräfte. Das Glück begünstigte ihre Wünsche. Die Höhle war trocken und mit reinlichem Moose bewachsen. Der Jüngling zündete schnell ein Feuer von Reisern und Moos an, woran sie sich trocknen konnten, und die beiden Liebenden sahen sich nun auf eine wunderbare Weise von der Welt entfernt aus einem gefahrvollen Zustande gerettet, und auf einem bequemen, warmen Lager allein nebeneinander.

Ein wilder Mandelstrauch hing mit Früchten beladen in die Höhle hinein, und ein nahes Rieseln ließ sie frisches Wasser zur Stillung ihres Durstes finden. Die Laute hatte der Jüngling mitgenommen, und sie gewährte ihnen jetzt eine aufheiternde und beruhigende Unterhaltung bei dem knisternden Feuer. Eine höhere Macht schien den Knoten schneller lösen zu wollen, und brachte sie unter sonderbaren Umständen in diese romantische Lage. Die Unschuld ihrer Herzen, die zauberhafte Stimmung ihrer Gemüter, und die verbundene unwiderstehliche Macht ihrer süßen Leidenschaft und ihrer Jugend ließ sie bald die Welt und ihre Verhältnisse vergessen, und wiegte sie unter dem Brautgesange des Sturms und den Hochzeitfackeln der Blitze in den süßesten Rausch ein, der je ein sterbliches Paar beseligt haben mag, Der Anbruch des lichten blauen Morgens war für sie das Erwachen in einer neuen seligen Welt. Ein Strom heißer Tränen, der jedoch bald aus den Augen der Prinzessin hervorbrach, verriet ihrem Geliebten die erwachenden tausendfachen Bekümmernisse ihres Herzens. Er war in dieser Nacht um mehrere Jahre älter, aus einem Jünglinge zum Manne geworden. Mit überschwenglicher

Begeisterung tröstete er seine Geliebte, erinnerte sie an die Heiligkeit der wahrhaften Liebe, und an den hohen Glauben, den sie einflöße, und bat sie, die heiterste Zukunft von dem Schutzgeist ihres Herzens mit Zuversicht zu erwarten. Die Prinzessin fühlte die Wahrheit seines Trostes, und entdeckte ihm, sie sei die Tochter des Königs, und nur bange wegen des Stolzes und der Bekümmernisse ihres Vaters. Nach langen reiflichen Überlegungen wurden sie über die zu fassende Entschließung einig, und der Jüngling machte sich sofort auf den Weg, um seinen Vater aufzusuchen, und diesen mit ihrem Plane bekannt zu machen. Er versprach in kurzem wieder bei ihr zu sein, und verließ sie beruhigt und in süßen Vorstellungen der künftigen Entwickelung dieser Begebenheiten. Der Jüngling hatte bald seines Vaters Wohnung erreicht, und der Alte war sehr erfreut, ihn unverletzt ankommen zu sehen. Er erfuhr nun die Geschichte und den Plan der Liebenden, und bezeigte sich nach einigem Nachdenken bereitwillig ihn zu unterstützen. Sein Haus lag ziemlich versteckt, und hatte einige unterirdische Zimmer, die nicht leicht aufzufinden waren. Hier sollte die Wohnung der Prinzessin sein. Sie ward also in der Dämmerung abgeholt, und mit tiefer Rührung von dem Alten empfangen. Sie weinte nachher oft in der Einsamkeit, wenn sie ihres traurigen Vaters gedachte: doch verbarg sie ihren Kummer vor ihrem Geliebten, und sagte es nur dem Alten, der sie freundlich tröstete, und ihr die nahe Rückkehr zu ihrem Vater vorstellte.

Unterdes war man am Hofe in große Bestürzung geraten, als abends die Prinzessin vermißt wurde. Der König war ganz außer sich, und schickte überall Leute aus, sie zu suchen. Kein Mensch wußte sich ihr Verschwinden zu erklären. Keinem kam ein heimliches Liebesverständnis in die Gedanken, und so ahndete man keine Entführung, da ohnedies kein Mensch weiter fehlte. Auch nicht zu der entferntesten Vermutung war Grund da. Die ausgeschickten Boten kamen unverrichteter Sache zurück, und der König fiel in tiefe Traurigkeit. Nur wenn abends seine Sänger vor ihn kamen und schöne Lieder mitbrachten, war es, als ließe sich die alte Freude wieder vor ihm blicken; seine Tochter dünkte ihm nah, und er schöpfte Hoffnung, sie bald wiederzusehen. War er aber wieder allein, so zerriß es ihm von neuem das Herz und er weinte laut. Dann gedachte er bei sich selbst: Was hilft mir nun alle die Herrlichkeit, und meine hohe Geburt? Nun bin ich doch elender als die andern Menschen. Meine Tochter kann mir nichts ersetzen. Ohne sie sind auch die Gesänge nichts, als leere Worte und Blendwerk. Sie war der Zauber, der ihnen Leben und Freude, Macht und Gestalt gab. Wollt' ich doch lieber, ich wäre der geringste meiner Diener. Dann hätte ich meine

Tochter noch; auch wohl einen Eidam dazu und Enkel, die mir auf den Knien säßen: dann wäre ich ein anderer König, als jetzt. Es ist nicht die Krone und das Reich, was einen König macht. Es ist jenes volle, überfließende Gefühl der Glückseligkeit, der Sättigung mit irdischen Gütern, jenes Gefühl der überschwenglichen Gnüge. So werd' ich nun für meinen Übermut bestraft. Der Verlust meiner Gattin hat mich noch nicht genug erschüttert. Nun hab' ich auch ein grenzenloses Elend. So klagte der König in den Stunden der heißesten Sehnsucht. Zuweilen brach auch seine alte Strenge und sein Stolz wieder hervor. Er zürnte über seine Klagen; wie ein König wollte er dulden und schweigen. Er meinte dann, er leide mehr, als alle anderen, und gehöre ein großer Schmerz zum Königtum; aber wenn es dann dämmerte, und er in die Zimmer seiner Tochter trat, und sah ihre Kleider hängen, und ihre kleinern Habseligkeiten stehn, als habe sie eben das Zimmer verlassen: so vergaß er seine Vorsätze, gebärdete sich wie ein trübseliger Mensch, und rief seine geringsten Diener um Mitleid an. Die ganze Stadt und das ganze Land weinten und klagten von ganzem Herzen mit ihm. Sonderlich war es, daß eine Sage umherging, die Prinzessin lebe noch, und werde bald mit einem Gemahl wiederkommen. Kein Mensch wußte, woher die Sage kam: aber alles hing sich mit frohem Glauben daran, und sah mit ungeduldiger Erwartung ihrer baldigen Wiederkunft entgegen. So vergingen mehrere Monden, bis das Frühjahr wieder herankam. „Was gilts“, sagten einige in wunderlichem Mute, „nun kommt auch die Prinzessin wieder.“ Selbst der König ward heitrer und hoffnungsvoller. Die Sage dünkte ihm wie die Verheißung einer gütigen Macht. Die ehemaligen Feste fingen wieder an, und es schien zum völligen Aufblühen der alten Herrlichkeit nur noch die Prinzessin zu fehlen. Eines Abends, da es gerade jährig wurde, daß sie verschwand, war der ganze Hof im Garten versammelt. Die Luft war warm und heiter; ein leiser Wind tönte nur oben in den alten Wipfeln, wie die Ankündigung eines fernen fröhlichen Zuges. Ein mächtiger Springquell stieg zwischen den vielen Fackeln mit zahllosen Lichtern hinauf in die Dunkelheit der tönenden Wipfel, und begleitete mit melodischem Plätschern die mannigfaltigen Gesänge, die unter den Bäumen hervorklangen. Der König saß auf einem köstlichen Teppich, und um ihn her war der Hof in festlichen Kleidern versammelt. Eine zahlreiche Menge erfüllte den Garten, und umgab das prachtvolle Schauspiel. Der König saß eben in tiefen Gedanken. Das Bild seiner verlornen Tochter stand mit ungewöhnlicher Klarheit vor ihm; er gedachte der glücklichen Tage, die um diese Zeit im vergangenen Jahre ein plötzliches Ende nahmen. Eine heiße Sehnsucht übermannte ihn, und es flossen häufige Tränen von seinen ehrwürdigen

Wangen; doch empfand er eine ungewöhnliche Heiterkeit. Es dünkte ihm das traurige Jahr nur ein schwerer Traum zu sein, und er hob die Augen auf, gleichsam um ihre hohe, heilige, entzückende Gestalt unter den Menschen und den Bäumen aufzusuchen. Eben hatten die Dichter geendigt, und eine tiefe Stille schien das Zeichen der allgemeinen Rührung zu sein, denn die Dichter hatten die Freuden des Wiedersehns, den Frühling und die Zukunft besungen, wie sie die Hoffnung zu schmücken pflegt.

Plötzlich wurde die Stille durch leise Laute einer unbekannten schönen Stimme unterbrochen, die von einer uralten Eiche herzukommen schienen. Alle Blicke richteten sich dahin, und man sah einen Jüngling in einfacher, aber fremder Tracht stehen, der eine Laute im Arm hielt, und ruhig in seinem Gesange fortfuhr, indem er jedoch, wie der König seinen Blick nach ihm wandte, eine tiefe Verbeugung machte. Die Stimme war außerordentlich schön, und der Gesang trug ein fremdes, wunderbares Gepräge. Er handelte von dem Ursprunge der Welt, von der Entstehung der Gestirne, der Pflanzen, Tiere und Menschen, von der allmächtigen Sympathie der Natur, von der uralten goldenen Zeit und ihren Beherrscherinnen, der Liebe und Poesie, von der Erscheinung des Hasses und der Barbarei und ihren Kämpfen mit jenen wohltätigen Göttinnen, und endlich von dem zukünftigen Triumph der letztern, dem Ende der Trübsale, der Verjüngung der Natur und der Wiederkehr eines ewigen goldenen Zeitalters. Die alten Dichter traten selbst von Begeisterung hingerissen, während des Gesanges näher um den seltsamen Fremdling her. Ein niegefühltes Entzücken ergriff die Zuschauer, und der König selbst fühlte sich wie auf einem Strom des Himmels weggetragen. Ein solcher Gesang war nie vernommen worden, und alle glaubten, ein himmlisches Wesen sei unter ihnen erschienen, besonders da der Jüngling unterm Singen immer schöner, immer herrlicher, und seine Stimme immer gewaltiger zu werden schien. Die Luft spielte mit seinen goldenen Locken. Die Laute schien sich unter seinen Händen zu beseelen, und sein Blick schien trunken in eine geheimere Welt hinüberzuschauen. Auch die Kinderunschuld und Einfalt seines Gesichts schien allen übernatürlich. Nun war der herrliche Gesang geendigt. Die bejahrten Dichter drückten den Jüngling mit Freudentränen an ihre Brust. Ein stilles inniges Jauchzen ging durch die Versammlung. Der König kam gerührt auf ihn zu. Der Jüngling warf sich ihm bescheiden zu Fügen. Der König hob ihn auf, umarmte ihn herzlich, und hieß ihn sich eine Gabe ausbitten. Da bat er mit glühenden Wangen den König, noch ein Lied gnädig anzuhören, und dann über seine Bitte zu entscheiden. Der König trat einige Schritte zurück und der Fremdling fing an:

Der Sänger geht auf rauhen Pfaden,
Zerreißt in Dornen sein Gewand;
Er muß durch Fluß und Sümpfe baden,
Und keins reicht hülf reich ihm die Hand.
Einsam und pfadlos fließt in Klagen
Jetzt über sein ermattet Herz;
Er kann die Laute kaum noch tragen,
Ihn übermannt ein tiefer Schmerz.

Ein traurig Los ward mir beschieden,
Ich irre ganz verlassen hier,
Ich brachte allen Lust und Frieden,
Doch keiner teilte sie mit mir.
Es wird ein jeder seiner Habe
Und seines Lebens froh durch mich;
Doch weisen sie mit karger Gabe
Des Herzens Forderung von sich.

Man läßt mich ruhig Abschied nehmen,
Wie man den Frühling wandern sieht;
Es wird sich keiner um ihn grämen,
Wenn er betrübt von dannen zieht.
Verlangend sehn sie nach den Früchten,
Und wissen nicht, daß er sie sät;
Ich kann den Himmel für sie dichten,
Doch meiner denkt nicht ein Gebet.

Ich fühle dankbar Zaubermächte
An diese Lippen festgebannt.
O! knüpfte nur an meine Rechte
Sich auch der Liebe Zauberband.
Es kümmert keine sich des Armen,
Der dürftig aus der Ferne kam;
Welch Herz wird *sein* sich noch erbarmen
Und lösen seinen tiefen Gram?

Er sinkt im hohen Grase nieder,
Und schläft mit nassen Wangen ein;
Da schwebt der hohe Geist der Lieder
In die beklemmte Brust hinein:
Vergiß anjetzt, was du gelitten,
In kurzem schwindet deine Last,
Was du umsonst gesucht in Hütten,
Das wirst du finden im Palast.

Du nahst dem höchsten Erdenlohne,
Bald endigt der verschlungne Lauf;
Der Myrtenkranz wird eine Krone,
Dir setzt die treuste Hand sie auf.
Ein Herz voll Einklang ist berufen
Zur Glorie um einen Thron;
Der Dichter steigt auf rauhen Stufen
Hinan, und wird des Königs Sohn.

So weit war er in seinem Gesange gekommen, und ein sonderbares Erstaunen hatte sich der Versammlung bemächtigt, als während dieser Strophen ein alter Mann mit einer verschleierten weiblichen Gestalt von edlem Wuchse, die ein wunderschönes Kind auf dem Arme trug, das freundlich in der fremden Versammlung umhersah, und lächelnd nach dem blitzenden Diadem des Königs die kleinen Händchen streckte, zum Vorschein kamen, und sich hinter den Sänger stellten; aber das Staunen wuchs, als plötzlich aus den Gipfeln der alten Bäume, der Lieblingsadler des Königs, den er immer um sich hatte, mit einer goldenen Stirnbinde, die er aus seinen Zimmern entwandt haben mußte, herabflog, und sich auf das Haupt des Jünglings niederließ, so daß die Binde sich um seine Locken schlug. Der Fremdling erschrak einen Augenblick; der Adler flog an die Seite des Königs, und ließ die Binde zurück. Der Jüngling reichte sie dem Kinde, das darnach verlangte, ließ sich auf ein Knie gegen den König nieder, und fuhr in seinem Gesange mit bewegter Stimme fort:

Der Sänger fährt aus schönen Träumen
Mit froher Ungeduld empor;
Er wandelt unter hohen Bäumen
Zu des Palastes ehrnem Tor.
Die Mauern sind wie Stahl geschliffen,

Doch sie erklimmt sein Lied geschwind,
Es steigt von Lieb' und Weh ergriffen
Zu ihm hinab des Königs Kind.

Die Liebe drückt sie fest zusammen,
Der Klang der Panzer treibt sie fort;
Sie lodern auf in süßen Flammen,
Im nächtlich stillen Zufluchtsort.
Sie halten furchtsam sich verborgen,
Weil sie der Zorn des Königs schreckt;
Und werden nun von jedem Morgen
Zu Schmerz und Lust zugleich erweckt.

Der Sänger spricht mit sanften Klängen
Der neuen Mutter Hoffnung ein;
Da tritt, gelockt von den Gesängen,
Der König in die Kluft hinein.
Die Tochter reicht in goldnen Locken
Den Enkel von der Brust ihm hin;
Sie sinken reuig und erschrocken,
Und mild zergeht sein strenger Sinn.

Der Liebe weicht und dem Gesange
Auch auf dem Thron ein Vaterherz,
Und wandelt bald in süßem Drange
Zu ewger Lust den tiefen Schmerz.
Die Liebe gibt, was sie entrissen,
Mit reichem Wucher bald zurück,
Und unter den Versöhnungsküssen
Entfaltet sich ein himmlisch Glück.

Geist des Gesangs, komm du hernieder,
Und steh auch jetzt der Liebe bei;
Bring die verlorne Tochter wieder,
Daß ihr der König Vater sei! –
Daß er mit Freuden sie umschließet,
Und seines Enkels sich erbarmt,
Und wenn das Herz ihm überfließet,
Den Sänger auch als Sohn umarmt.

Der Jüngling hob mit bebender Hand bei diesen Worten, die sanft in den dunklen Gängen verhallten, den Schleier. Die Prinzessin fiel mit einem Strom von Tränen zu den Füßen des Königs, und hielt ihm das schöne Kind hin. Der Sänger kniete mit gebeugtem Haupte an ihrer Seite. Eine ängstliche Stille schien jeden Atem festzuhalten. Der König war einige Augenblicke sprachlos und ernst; dann zog er die Prinzessin an seine Brust, drückte sie lange fest an sich und weinte laut. Er hob nun auch den Jüngling zu sich auf, und umschloß ihn mit herzlicher Zärtlichkeit. Ein helles Jauchzen flog durch die Versammlung, die sich dicht zudrängte. Der König nahm das Kind und reichte es mit rührender Andacht gen Himmel; dann begrüßte er freundlich den Alten. Unendliche Freudentränen flossen. In Gesänge brachen die Dichter aus, und der Abend ward ein heiliger Vorabend dem ganzen Lande, dessen Leben fortan nur ein schönes Fest war. Kein Mensch weiß, wo das Land hingekommen ist. Nur in Sagen heißt es, daß Atlantis von mächtigen Fluten den Augen entzogen worden sei."

Viertes Kapitel

Einige Tagereisen waren ohne die mindeste Unterbrechung geendigt. Der Weg war fest und trocken, die Witterung erquickend und heiter, und die Gegenden, durch die sie kamen, fruchtbar, bewohnt und mannigfaltig. Der furchtbare Thüringer Wald lag im Rücken; die Kaufleute hatten den Weg öfterer gemacht, waren überall mit den Leuten bekannt, und erfuhren die gastfreiste Aufnahme. Sie vermieden die abgelegenen und durch Räubereien bekannten Gegenden, und nahmen, wenn sie ja gezwungen waren, solche zu durchreisen, ein hinlängliches Geleite mit. Einige Besitzer benachbarter Bergschlösser standen mit den Kaufleuten in gutem Vernehmen. Sie wurden besucht und bei ihnen nachgefragt, ob sie Bestellungen nach Augsburg zu machen hätten. Eine freundliche Bewirtung ward ihnen zuteil, und die Frauen und Töchter drängten sich mit herzlicher Neugier um die Fremdlinge. Heinrichs Mutter gewann sie bald durch ihre gutmütige Bereitwilligkeit und Teilnahme. Man war erfreut eine Frau aus der Residenzstadt zu sehn, die eben so willig die Neuigkeiten der Mode, als die Zubereitung einiger schmackhafter Schüsseln mitteilte. Der junge Ofterdingen ward von Rittern und Frauen wegen seiner Bescheidenheit und seines ungezwungenen milden Betragens gepriesen, und die letztern verweilten gern auf seiner einnehmenden Gestalt, die wie das einfache Wort eines Unbekannten war, das man fast überhört, bis längst nach seinem Abschiede es seine tiefe unscheinbare Knospe immer mehr auftut, und endlich eine herrliche

Blume in allem Farbenglanze dichtverschlungener Blätter zeigt, so daß man es nie vergißt, nicht müde wird es zu wiederholen, und einen versieglichen immer gegenwärtigen Schatz daran hat. Man besinnt sich nun genauer auf den Unbekannten, und ahndet und ahndet, bis es auf einmal klar wird, daß es ein Bewohner der höhern Welt gewesen sei. – Die Kaufleute erhielten eine große Menge Bestellungen, und man trennte sich gegenseitig mit herzlichen Wünschen, einander bald wiederzusehn. Auf einem dieser Schlösser, wo sie gegen Abend hinkamen, ging es fröhlich zu. Der Herr des Schlosses war ein alter Kriegsmann, der die Muße des Friedens, und die Einsamkeit seines Aufenthalts mit öftern Gelagen feierte und unterbrach, und außer dem Kriegsgetümmel und der Jagd keinen andern Zeitvertreib kannte, als den gefüllten Becher.

Er empfing die Ankommenden mit brüderlicher Herzlichkeit, mitten unter lärmenden Genossen. Die Mutter ward zur Hausfrau geführt. Die Kaufleute und Heinrich mußten sich an die lustige Tafel setzen, wo der Becher tapfer umherging. Heinrichen ward auf vieles Bitten in Rücksicht seiner Jugend das jedesmalige Bescheidtun erlassen, dagegen die Kaufleute sich nicht faul fanden, sondern sich den alten Frankenwein tapfer schmecken ließen. Das Gespräch lief über ehmalige Kriegsabenteuer hin. Heinrich hörte mit großer Aufmerksamkeit den neuen Erzählungen zu. Die Ritter sprachen vom Heiligen Lande, von den Wundern des Heiligen Grabes, von den Abenteuern ihres Zuges, und ihrer Seefahrt, von den Sarazenen, in deren Gewalt einige geraten gewesen waren, und dem fröhlichen und wunderbaren Leben im Feld und im Lager. Sie äußerten mit großer Lebhaftigkeit ihren Unwillen, jene himmlische Geburtsstätte der Christenheit noch im frevelhaften Besitz der Ungläubigen zu wissen. Sie erhoben die großen Helden, die sich eine ewige Krone durch ihr tapfres, unermüdliches Bezeigen gegen dieses ruchlose Volk erworben hätten. Der Schloßherr zeigte das kostbare Schwert, was er einem Anführer derselben mit eigner Hand abgenommen, nachdem er sein Kastell erobert, ihn getötet, und seine Frau und Kinder zu Gefangenen gemacht, welches ihm der Kaiser in seinem Wappen zu führen vergönnet hatte. Alle besahen das prächtige Schwert, auch Heinrich nahm es in seine Hand, und fühlte sich von einer kriegerischen Begeisterung ergriffen. Er küßte es mit inbrünstiger Andacht. Die Ritter freuten sich über seinen Anteil. Der Alte umarmte ihn, und munterte ihn auf, auch seine Hand auf ewig der Befreiung des Heiligen Grabes zu widmen, und das wundertätige Kreuz auf seine Schultern befestigen zu lassen. Er war überrascht, und seine Hand schien sich nicht von dem Schwerte losmachen zu können. „Besinne dich, mein

Sohn“, rief der alte Ritter. „Ein neuer Kreuzzug ist vor der Tür. Der Kaiser selbst wird unsere Scharen in das Morgenland führen. Durch ganz Europa schallt von neuem der Ruf des Kreuzes, und heldenmütige Andacht regt sich aller Orten. Wer weiß, ob wir nicht übers Jahr in der großen weltherrlichen Stadt Jerusalem als frohe Sieger beieinander sitzen und uns bei vaterländischem Wein an unsere Heimat erinnern. Du kannst auch bei mir ein morgenländisches Mädchen sehn. Sie dünken uns Abendländern gar anmutig, und wenn du das Schwert gut zu führen verstehst, so kann es dir an schönen Gefangenen nicht fehlen.“ Die Ritter sangen mit lauter Stimme den Kreuzgesang, der damals in ganz Europa gesungen wurde:

Das Grab steht unter wilden Heiden;
Das Grab, worin der Heiland lag,
Muß Frevel und Verspottung leiden
Und wird entheiligt jeden Tag.
Es klagt heraus mit dumpfer Stimme:
„Wer rettet mich von diesem Grimme!“

Wo bleiben seine Heldenjünger?
Verschwunden ist die Christenheit!
Wer ist des Glaubens Wiederbringer?
Wer nimmt das Kreuz in dieser Zeit?
Wer bricht die schimpflichsten der Ketten,
Und wird das Heil'ge Grab erretten?

Gewaltig geht auf Land und Meeren
In tiefer Nacht ein heil'ger Sturm;
Die trägen Schläfer aufzustören,
Umbraust er Lager, Stadt und Turm,
Ein Klaggeschrei um alle Zinnen:
„Auf, träge Christen, zieht von hinnen.“

Es lassen Engel aller Orten
Mit ernstem Antlitz stumm sich sehn,
Und Pilger sieht man vor den Pforten
Mit kummervollen Wangen stehn;
Sie klagen mit den bängsten Tönen
Die Grausamkeit der Sarazenen.

Es bricht ein Morgen, rot und trübe,
Im weiten Land der Christen an.
Der Schmerz der Wehmut und der Liebe
Verkündet sich bei jedermann.
Ein jedes greift nach Kreuz und Schwerte
Und zieht entflammt von seinem Herde.

Ein Feuereifer tobt im Heere,
Das Grab des Heilands zu befrein.
Sie eilen fröhlich nach dem Meere,
Um bald auf heil'gem Grund zu sein.
Auch Kinder kommen noch gelaufen
Und mehren den geweihten Haufen.

Hoch weht das Kreuz im Siegspaniere,
Und alte Helden stehn voran.
Des Paradieses sel'ge Türe
Wird frommen Kriegern aufgetan;
Ein jeder will das Glück genießen
Sein Blut für Christus zu vergießen.

Zum Kampf ihr Christen! Gottes Scharen
Ziehn mit in das Gelobte Land.
Bald wird der Heiden Grimm erfahren
Des Christengottes Schreckenshand.
Wir waschen bald in frohem Mute
Das Heilige Grab mit Heidenblute.

Die heilge Jungfrau schwebt, getragen
Von Engeln, ob der wilden Schlacht,
Wo jeder, den das Schwert geschlagen,
In ihrem Mutterarm erwacht.
Sie neigt sich mit verklärter Wange
Herunter zu dem Waffenklange.

Hinüber zu der heilgen Stätte!
Des Grabes dumpfe Stimme tönt!
Bald wird mit Sieg und mit Gebete
Die Schuld der Christenheit versöhnt!

Das Reich der Heiden wird sich enden,
Ist erst das Grab in unsern Händen.

Heinrichs ganze Seele war in Aufruhr, das Grab kam ihm wie eine bleiche, edle, jugendliche Gestalt vor, die auf einem großen Stein mitten unter wildem Pöbel säße, und auf eine entsetzliche Weise gemißhandelt würde, als wenn sie mit kummervollem Gesichte nach einem Kreuze blicke, was im Hintergrunde mit lichten Zügen schimmerte, und sich in den bewegten Wellen eines Meeres unendlich vervielfältigte.

Seine Mutter schickte eben herüber, um ihn zu holen, und der Hausfrau des Ritters vorzustellen. Die Ritter waren in ihr Gelag und ihre Vorstellungen des bevorstehenden Zuges vertieft, und bemerkten nicht, daß Heinrich sich entfernte. Er fand seine Mutter in traulichem Gespräch mit der alten, gutmütigen Frau des Schlosses, die ihn freundlich bewillkommte. Der Abend war heiter; die Sonne begann sich zu neigen, und Heinrich, der sich nach Einsamkeit sehnte, und von der goldenen Ferne gelockt wurde, die durch die engen, tiefen Bogenfenster in das düstre Gemach hineintrat, erhielt leicht die Erlaubnis, sich außerhalb des Schlosses besehen zu dürfen.

Er eilte ins Freie, sein ganzes Gemüt war rege, er sah von der Höhe des alten Felsen zunächst in das waldige Tal, durch das ein Bach herunterstürzte und einige Mühlen trieb, deren Geräusch man kaum aus der gewaltigen Tiefe vernehmen konnte, und dann in eine unabsehliche Ferne von Bergen, Wäldern und Niederungen, und seine innere Unruhe wurde besänftigt. Das kriegerische Getümmel verlor sich, und es blieb nur eine klare bilderreiche Sehnsucht zurück. Er fühlte, daß ihm eine Laute mangelte, so wenig er auch wußte, wie sie eigentlich gebaut sei, und welche Wirkung sie hervorbringe. Das heitere Schauspiel des herrlichen Abends wiegte ihn in sanfte Phantasien: die Blume seines Herzens ließ sich zuweilen, wie ein Wetterleuchten in ihm sehn. – Er schweifte durch das wilde Gebüsch und kletterte über bemooste Felsenstücke, als auf einmal aus einer nahen Tiefe ein zarter eindringender Gesang einer weiblichen Stimme von wunderbaren Tönen begleitet, erwachte. Es war ihm gewiß, daß es eine Laute sei; er blieb verwunderungsvoll stehen, und hörte in gebrochner deutscher Aussprache folgendes Lied:

Bricht das matte Herz noch immer
Unter fremdem Himmel nicht?
Kommt der Hoffnung bleicher Schimmer

Immer mir noch zu Gesicht?
Kann ich wohl noch Rückkehr wähnen?
Stromweis stürzen meine Tränen,
Bis mein Herz in Kummer bricht.

Könnt ich dir die Myrten zeigen
Und der Zeder dunkles Haar!
Führen dich zum frohen Reigen
Der geschwisterlichen Schar!
Sähst du im gestickten Kleide,
Stolz im köstlichen Geschmeide
Deine Freundin, wie sie war.

Edle Jünglinge verneigen
Sich mit heißem Blick vor ihr;
Zärtliche Gesänge steigen
Mit dem Abendstern zu mir.
Dem Geliebten darf man trauen;
Ewge Lieb' und Treu den Frauen,
Ist der Männer Losung hier.

Hier, wo um kristallne Quellen
Liebend sich der Himmel legt,
Und mit heißen Balsamwellen
Um den Hain zusammenschlägt,
Der in seinen Lustgebieten
Unter Früchten, unter Blüten
Tausend bunte Sänger hegt.

Fern sind jene Jugendträume!
Abwärts liegt das Vaterland!
Längst gefällt sind jene Bäume,
Und das alte Schloß verbrannt.
Fürchterlich, wie Meereswogen
Kam ein rauhes Heer gezogen,
Und das Paradies verschwand.

Fürchterliche Gluten flossen
In die blaue Luft empor,
Und es drang auf stolzen Rossen

Eine wilde Schar ins Tor.
Säbel klirrten, unsre Brüder,
Unser Vater kam nicht wieder,
Und man riß uns wild hervor.

Meine Augen wurden trübe;
Fernes, mütterliches Land,
Ach, sie blieben dir voll Liebe
Und voll Sehnsucht zugewandt!
Wäre nicht dies Kind vorhanden,
Längst hätt' ich des Lebens Banden
Aufgelöst mit kühner Hand.

Heinrich hörte das Schluchzen eines Kindes und eine tröstende Stimme. Er stieg tiefer durch das Gebüsch hinab, und fand ein bleiches, abgehärmtes Mädchen unter einer alten Eiche sitzen. Ein schönes Kind hing weinend an ihrem Halse, auch ihre Tränen flossen, und eine Laute lag neben ihr auf dem Rasen. Sie erschrak ein wenig, als sie den fremden Jüngling erblickte, der mit wehmütigem Gesicht sich ihr näherte.

„Ihr habt wohl meinen Gesang gehört", sagte sie freundlich. „Euer Gesicht dünkt mir bekannt, laßt mich besinnen – Mein Gedächtnis ist schwach geworden, aber Euer Anblick erweckt in mir eine sonderbare Erinnerung aus frohen Zeiten. O! mir ist, als glicht Ihr einem meiner Brüder, der noch vor unserm Unglück von uns schied, und nach Persien zu einem berühmten Dichter zog. Vielleicht lebt er noch, und besingt traurig das Schicksal seiner Geschwister. Wüßt ich nur noch einige seiner herrlichen Lieder, die er uns hinterließ! Er war edel und zärtlich, und kannte kein größeres Glück als seine Laute." Das Kind war ein Mädchen von zehn bis zwölf Jahren, das den fremden Jüngling aufmerksam betrachtete und sich fest an den Busen der unglücklichen Zulima schmiegte. Heinrichs Herz war von Mitleid durchdrungen; er tröstete die Sängerin mit freundlichen Worten, und bat sie, ihm umständlicher ihre Geschichte zu erzählen. Sie schien es nicht ungern zu tun. Heinrich setzte sich ihr gegenüber und vernahm ihre von häufigen Tränen unterbrochne Erzählung. Vorzüglich hielt sie sich bei dem Lobe ihrer Landsleute und ihres Vaterlandes auf. Sie schilderte den Edelmut derselben, und ihre reine starke Empfänglichkeit für die Poesie des Lebens und die wunderbare, geheimnisvolle Anmut der Natur. Sie beschrieb die romantischen Schönheiten der fruchtbaren arabischen Gegenden, die wie glückliche Inseln in unwegsamen Sandwüsteneien lägen, wie Zufluchtsstätte der Bedrängten und Ruhebedürftigen, wie Kolonien des Paradieses, voll frischer Quellen, die über dichten Rasen und funkelnde Steine durch alte, ehrwürdige Haine rieselten, voll bunter Vögel mit melodischen Kehlen und anziehend durch mannigfaltige Überbleibsel ehemaliger denkwürdiger Zeiten. „Ihr würdet mit Verwunderung", sagte sie, „die buntfarbigen, hellen, seltsamen Züge und Bilder auf den alten Steinplatten sehn. Sie scheinen so bekannt und nicht ohne Ursach so wohl erhalten zu sein. Man sinnt und sinnt, einzelne Bedeutungen ahnet man, und wird um so begieriger, den tiefsinnigen Zusammenhang dieser uralten Schrift zu erraten. Der unbekannte Geist derselben erregt ein ungewöhnliches Nachdenken, und wenn man auch ohne den gewünschten Fund von dannen geht, so hat man doch tausend merkwürdige Entdeckungen in sich selbst gemacht, die dem Leben einen neuen Glanz und dem Gemüt eine lange, belohnende Beschäftigung geben. Das Leben auf einem längst bewohnten und ehemals schon durch Fleiß, Tätigkeit und Neigung verherrlichten Boden hat einen besondern Reiz. Die Natur scheint dort menschlicher und verständlicher geworden, eine dunkle Erinnerung unter der durchsichtigen Gegenwart wirft die Bilder der Welt mit scharfen Umrissen zurück, und so genießt man eine doppelte Welt, die eben dadurch das Schwere und Gewaltsame verliert und die zauberische Dichtung und Fabel unserer Sinne wird. Wer weiß, ob nicht auch ein unbegreiflicher Einfluß der ehemaligen, jetzt unsichtbaren Bewohner mit ins Spiel kommt, und vielleicht ist es dieser dunkle Zug, der die Menschen aus neuen Gegenden, sobald eine gewisse Zeit ihres Erwachens kömmt, mit so zerstörender Ungeduld nach der alten Heimat ihres Geschlechts treibt, und sie Gut und Blut an den Besitz dieser Länder zu wagen anregt." Nach einer Pause fuhr sie fort: „Glaubt ja nicht, was man euch von den Grausamkeiten meiner Landsleute erzählt hat. Nirgends wurden Gefangene großmütiger behandelt, und auch eure Pilger nach Jerusalem wurden mit Gastfreundschaft aufgenommen, nur daß sie selten derselben wert waren. Die meisten waren nichtsnutzige, böse Menschen, die ihre Wallfahrten mit Bubenstücken bezeichneten, und dadurch freilich oft gerechter Rache in die Hände fielen. Wie ruhig hätten die Christen das Heilige Grab besuchen können, ohne nötig zu haben, einen fürchterlichen, unnützen Krieg anzufangen, der alles erbittert, unendliches Elend verbreitet, und auf immer das Morgenland von Europa getrennt hat. Was lag an dem Namen des Besitzers? Unsere Fürsten ehrten andachtsvoll das Grab eures Heiligen, den auch wir für einen göttlichen Propheten halten; und wie schön hätte sein heiliges Grab die Wiege eines glücklichen Einverständnisses, der Anlaß ewiger wohltätiger Bündnisse werden können!“

Der Abend war unter ihren Gesprächen herbeigekommen. Es fing an Nacht zu werden, und der Mond hob sich aus dem feuchten Walde mit beruhigendem Glanz herauf. Sie stiegen langsam nach dem Schlosse; Heinrich war voll Gedanken, die kriegerische Begeisterung war gänzlich verschwunden. Er merkte eine wunderliche Verwirrung in der Welt; der Mond zeigte ihm das Bild eines tröstenden Zuschauers und erhob ihn über die Unebenheiten der Erdoberfläche, die in der Höhe so unbeträchtlich erschienen, so wild und unersteiglich sie auch dem Wanderer vorkamen. Zulima ging still neben ihm her, und führte das Kind. Heinrich trug die Laute. Er suchte die sinkende Hoffnung seiner Begleiterin, ihr Vaterland dereinst wiederzusehn, zu beleben, indem er innerlich einen heftigen Beruf fühlte, ihr Retter zu sein, ohne zu wissen, auf welche Art es geschehen könne. Eine besondere Kraft schien in seinen einfachen Worten zu liegen, denn Zulima empfand eine ungewohnte Beruhigung und dankte ihm für seine Zusprache auf die rührendste Weise. Die Ritter waren noch bei ihren Bechern und die Mutter in häuslichen Gesprächen. Heinrich hatte keine Lust in den lärmenden Saal zurückzugehn. Er fühlte sich müde, und begab sich bald mit seiner Mutter in das angewiesene Schlafgemach. Er erzählte ihr vor dem Schlafengehn, was ihm begegnet sei, und schlief bald zu unterhaltenden Träumen ein. Die Kaufleute hatten sich auch zeitig fortbegeben, und waren früh wieder munter. Die Ritter lagen in tiefer Ruhe, als sie abreisten; die Hausfrau aber nahm zärtlichen Abschied. Zulima hatte wenig geschlafen, eine innere Freude hatte sie wach erhalten; sie erschien beim Abschiede, und bediente die Reisenden demütig und emsig. Als sie Abschied nahmen, brachte sie mit vielen Tränen ihre Laute zu Heinrich, und bat mit rührender Stimme, sie zu Zulimas Andenken mitzunehmen. „Es war meines Bruders Laute“, sagte sie, „der sie mir beim Abschied schenkte; es ist das einzige Besitztum, was ich gerettet habe. Sie schien Euch gestern zu gefallen, und Ihr laßt mir ein unschätzbares Geschenk zurück, süße Hoffnung. Nehmt dieses geringe Zeichen meiner Dankbarkeit, und laßt es ein Pfand Eures Andenkens an die arme Zulima sein. Wir werden uns gewiß wiedersehn, und dann bin ich vielleicht glücklicher.“ Heinrich weinte; er weigerte sich, diese ihr so unentbehrliche Laute anzunehmen: „Gebt mir“, sagte er, „das goldene Band mit den unbekannten Buchstaben aus Euren Haaren, wenn es nicht ein Andenken Eurer Eltern oder Geschwister ist, und nehmt dagegen einen Schleier an, den mir meine Mutter gern abtreten wird.“ Sie wich endlich dem Zureden und gab ihm das Band, indem sie sagte: „Es ist mein Name in den Buchstaben meiner Muttersprache, den ich in bessern Zeiten selbst in dieses Band gestickt habe. Betrachtet es gern, und denkt, daß es eine lange, kummervolle Zeit meine Haare festgehalten hat, und mit seiner Besitzerin verbleicht ist." Heinrichs Mutter zog den Schleier heraus, und reichte ihr ihn hin, indem sie sie an sich zog und weinend umarmte. –

Fünftes Kapitel

Nach einigen Tagereisen kamen sie an ein Dorf, am Fuße einiger spitzen Hügel, die von tiefen Schluchten unterbrochen waren. Die Gegend war übrigens fruchtbar und angenehm, ohngeachtet die Rücken der Hügel ein totes, abschreckendes Ansehn hatten. Das Wirtshaus war reinlich, die Leute bereitwillig, und eine Menge Menschen, teils Reisende, teils bloße Trinkgäste, saßen in der Stube, und unterhielten sich von allerhand Dingen.

Unsre Reisenden gesellten sich zu ihnen, und mischten sich in die Gespräche. Die Aufmerksamkeit der Gesellschaft war vorzüglich auf einen alten Mann gerichtet, der in fremder Tracht an einem Tische saß, und freundlich die neugierigen Fragen beantwortete, die an ihn geschahen. Er kam aus fremden Landen, hatte sich heute früh die Gegend umher genau betrachtet, und erzählte nun von seinem Gewerbe und seinen heutigen Entdeckungen. Die Leute nannten ihn einen Schatzgräber. Er sprach aber sehr bescheiden von seinen Kenntnissen und seiner Macht, doch trugen seine Erzählungen das Gepräge der Seltsamkeit und Neuheit. Er erzählte, daß er aus Böhmen gebürtig sei. Von Jugend auf habe er eine heftige Neugierde gehabt zu wissen, was in den Bergen verborgen sein müsse, wo das Wasser in den Quellen herkomme, und wo das Gold und Silber und die köstlichen Steine gefunden würden, die den Menschen so unwiderstehlich an sich zögen. Er habe in der nahen Klosterkirche oft diese festen Lichter an den Bildern und Reliquien betrachtet, und nur gewünscht, daß sie zu ihm reden könnten, um ihm von ihrer geheimnisvollen Herkunft zu erzählen. Er habe wohl zuweilen gehört, daß sie aus weit entlegenen Ländern kämen; doch habe er immer gedacht, warum es nicht auch in diesen Gegenden solche Schätze und Kleinodien geben könne. Die Berge seien doch nicht umsonst so weit im Umfange und erhaben und so fest verwahrt; auch habe es ihm verdünkt, wie wenn er zuweilen auf den Gebirgen glänzende und flimmernde Steine gefunden hätte. Er sei fleißig in den Felsenritzen und Höhlen umhergeklettert, und habe sich mit unaussprechlichem Vergnügen in diesen uralten Hallen und Gewölben umgesehn. – Endlich sei ihm einmal ein Reisender begegnet, der zu ihm gesagt, er müsse ein Bergmann werden, da könne er die Befriedigung seiner Neugier finden. In Böhmen gäbe es Bergwerke. Er solle nur immer an dem Flusse hinuntergehn, nach zehn bis zwölf Tagen werde er in Eula sein, und dort dürfe er nur sprechen, daß er gern ein Bergmann werden wolle. Er habe sich dies nicht zweimal sagen lassen, und sich gleich den andern Tag auf den Weg gemacht. „Nach einem beschwerlichen Gange von mehreren Tagen“, fuhr er fort, „kam ich nach Eula. Ich kann euch nicht sagen, wie herrlich mir zumute ward, als ich von einem grünen Hügel die Haufen von Steinen erblickte, die mit grünen Gebüschen durchwachsen waren, auf denen bretterne Hütten standen, und als ich aus dem Tal unten die Rauchwolken über den Wald heraufziehn sah. Ein fernes Getöse vermehrte meine Erwartungen, und mit unglaublicher Neugierde und voll stiller Andacht stand ich bald auf einem solchen Haufen, den man Halde nennt, vor den dunklen Tiefen, die im Innern der Hütten steil in den Berg hineinführten. Ich eilte nach dem Tale und begegnete bald einigen schwarzgekleideten Männern mit Lampen, die ich nicht mit Unrecht für Bergleute hielt, und mit schüchterner Ängstlichkeit ihnen mein Anliegen vortrug. Sie hörten mich freundlich an, und sagten mir, daß ich nur hinunter nach den Schmelzhütten gehn und nach dem Steiger fragen sollte, welcher den Anführer und Meister unter ihnen vorstellt; dieser werde mir Bescheid geben, ob ich angenommen werden möge. Sie meinten, daß ich meinen Wunsch wohl erreichen würde, und lehrten mich den üblichen Gruß „Glück auf“, womit ich den Steiger anreden sollte. Voll fröhlicher Erwartungen setzte ich meinen Weg fort, und konnte nicht aufhören, den neuen bedeutungsvollen Gruß mir beständig zu wiederholen. Ich fand einen alten, ehrwürdigen Mann, der mich mit vieler Freundlichkeit empfing, und nachdem ich ihm meine Geschichte erzählt, und ihm meine große Lust, seine seltne, geheimnisvolle Kunst zu erlernen, bezeugt hatte, bereitwillig versprach, mir meinen Wunsch zu gewähren. ich schien ihm zu gefallen, und er behielt mich in seinem Hause. Den Augenblick konnte ich kaum erwarten, wo ich in die Grube fahren und mich in der reizenden Tracht sehn würde. Noch denselben Abend brachte er mir ein Grubenkleid, und erklärte mir den Gebrauch einiger Werkzeuge, die in einer Kammer aufbewahrt waren.

Abends kamen Bergleute zu ihm, und ich verfehlte kein Wort von ihren Gesprächen, so unverständlich und fremd mir sowohl die Sprache, als der größte Teil des Inhalts ihrer Erzählungen vorkam. Das wenige jedoch, was ich zu begreifen glaubte, erhöhte die Lebhaftigkeit meiner Neugierde, und beschäftigte mich des Nachts in seltsamen Träumen. Ich erwachte beizeiten und fand mich bei meinem neuen Wirte ein, bei dem sich allmählich die Bergleute versammelten, um seine Verordnungen zu vernehmen. Eine Nebenstube war zu einer kleinen Kapelle vorgerichtet. Ein Mönch erschien und las eine Messe, nachher sprach er ein feierliches Gebet, worin er den Himmel anrief, die Bergleute in seine heilige Obhut zu nehmen, sie bei ihren gefährlichen Arbeiten zu unterstützen, vor Anfechtungen und Tücken böser Geister sie zu schützen, und ihnen reiche Anbrüche zu bescheren. Ich hatte nie mit mehr Inbrunst gebetet, und nie die hohe Bedeutung der Messe lebhafter empfunden. Meine künftigen Genossen kamen mir wie unterirdische Helden vor, die tausend Gefahren zu überwinden hätten, aber auch ein beneidenswertes Glück an ihren wunderbaren Kenntnissen besäßen, und in dem ernsten, stillen Umgange mit den uralten Felsensöhnen der Natur, in ihren dunkeln, wunderbaren Kammern, zum Empfängnis himmlischer Gaben und zur freudigen Erhebung über die Welt und ihre Bedrängnisse ausgerüstet würden. Der Steiger gab mir nach geendigtem Gottesdienst eine Lampe und ein kleines hölzernes Kruzifix, und ging mit mir nach dem Schachte, wie wir die schroffen Eingänge in die unterirdischen Gebäude zu nennen pflegen. Er lehrte mich die Art des Hinabsteigens, machte mich mit den notwendigen Vorsichtigkeitsregeln, sowie mit den Namen der mannigfaltigen Gegenstände und Teile bekannt. Er fuhr voraus, und schurrte auf dem runden Balken hinunter, indem er sich mit der einen Hand an einem Seil anhielt, das in einem Knoten an einer Seitenstange fortglitschte, und mit der andern die brennende Lampe trug; ich folgte seinem Beispiel, und wir gelangten so mit ziemlicher Schnelle bald in eine beträchtliche Tiefe. Mir war seltsam feierlich zumute, und das vordere Licht funkelte wie ein glücklicher Stern, der mir den Weg zu den verborgenen Schatzkammern der Natur zeigte. Wir kamen unten in einen Irrgarten von Gängen, und mein freundlicher Meister ward nicht müde meine neugierigen Fragen zu beantworten, und mich über seine Kunst zu unterrichten. Das Rauschen des Wassers, die Entfernung von der bewohnten Oberfläche, die Dunkelheit und Verschlungenheit der Gänge, und das entfernte Geräusch der arbeitenden Bergleute ergötzte mich ungemein, und ich fühlte nun mit Freuden mich im vollen Besitz dessen, was von jeher mein sehnlichster Wunsch gewesen war. Es läßt sich auch diese volle Befriedigung eines angebornen Wunsches, diese wundersame Freude an Dingen, die ein näheres Verhältnis zu unserm geheimen Dasein haben mögen, zu Beschäftigungen, für die man von der Wiege an bestimmt und ausgerüstet ist, nicht erklären und beschreiben. Vielleicht daß sie jedem andern gemein, unbedeutend und abschreckend vorgekommen wären; aber mir schienen sie so unentbehrlich zu sein, wie die Luft der Brust und die Speise dem Magen. Mein alter Meister freute sich über meine innige Lust, und verhieß mir, daß ich bei diesem Fleiße und dieser Aufmerksamkeit es weit bringen, und ein tüchtiger Bergmann werden würde. Mit welcher Andacht sah ich zum erstenmal in meinem Leben am sechzehnten März, vor nunmehr fünfundvierzig Jahren, den König der Metalle in zarten Blättchen zwischen den Spalten des Gesteins. Es kam mir vor, als sei er hier wie in festen Gefängnissen eingesperrt und glänze freundlich dem Bergmann entgegen, der mit soviel Gefahren und Mühseligkeiten sich den Weg zu ihm durch die starken Mauern gebrochen, und ihn an das Licht des Tages zu fördern, damit er an königlichen Kronen und Gefäßen und an heiligen Reliquien zu Ehren gelangen, und in geachteten und wohlverwahrten Münzen, mit Bildnissen geziert, die Welt beherrschen und leiten möge. Von der Zeit an blieb ich in Eula, und stieg allmählich bis zum Häuer, welches der eigentliche Bergmann ist, der die Arbeiten auf dem Gestein betreibt, nachdem ich anfänglich bei der Ausförderung der losgehauenen Stufen in Körben angestellt gewesen war."

Der alte Bergmann ruhte ein wenig von seiner Erzählung aus, und trank, indem ihm seine aufmerksamen Zuhörer ein fröhliches „Glückauf" zubrachten. Heinrichen erfreuten die Reden des alten Mannes ungemein, und er war sehr geneigt noch mehr von ihm zu hören. – Die Zuhörer unterhielten sich von den Gefahren und Seltsamkeiten des Bergbaus, und erzählten wunderbare Sagen, über die der Alte oft lächelte, und freundlich ihre sonderbaren Vorstellungen zu berichtigen bemüht war.

Nach einer Weile sagte Heinrich: „Ihr mögt seitdem viel seltsame Dinge gesehn und erfahren haben; hoffentlich hat Euch nie Eure gewählte Lebensart gereut? Wärt Ihr nicht so gefällig und erzählet uns, wie es Euch seitdem ergangen, und auf welcher Reise Ihr jetzt begriffen seid? Es scheint, als hättet ihr Euch weiter in der Welt umgesehn, und gewiß darf ich vermuten, daß ihr jetzt mehr als einen gemeinen Bergmann vorstellt." – „Es ist mir selber lieb", sagte der Alte, „mich der verflossenen Zeiten zu erinnern, in denen ich Anlässe finde, mich der göttlichen Barmherzigkeit und Güte zu erfreun. Das Geschick hat mich durch ein frohes und heitres Leben geführt, und es ist kein Tag vorübergegangen, an welchem ich mich nicht mit dankbarem Herzen zur Ruhe gelegt hätte. Ich bin immer glücklich in meinen Verrichtungen gewesen, und unser aller Vater im

Himmel hat mich vor dem Bösen behütet, und in Ehren grau werden lassen. Nächst ihm habe ich alles meinem alten Meister zu verdanken, der nun lange zu seinen Vätern versammelt ist, und an den ich nie ohne Tränen denken kann. Er war ein Mann aus der alten Zeit nach dem Herzen Gottes. Mit tiefen Einsichten war er begabt, und doch kindlich und demütig in seinem Tun. Durch ihn ist das Bergwerk in großen Flor gekommen, und hat dem Herzoge von Böhmen zu ungeheuren Schätzen verholfen. Die ganze Gegend ist dadurch bevölkert und wohlhabend, und ein blühendes Land geworden. Alle Bergleute verehrten ihren Vater in ihm, und solange Eula steht, wird auch sein Name mit Rührung und Dankbarkeit genannt werden. Er war seiner Geburt nach Lausitzer und hieß Werner. Seine einzige Tochter war noch ein Kind, wie ich zu ihm ins Haus kam. Meine Emsigkeit, meine Treue, und meine leidenschaftliche Anhänglichkeit an ihn, gewannen mir seine Liebe mit jedem Tage mehr. Er gab mir seinen Namen und machte mich zu seinem Sohne. Das kleine Mädchen ward nachgerade ein wackres, muntres Geschöpf, deren Gesicht so freundlich glatt und weiß war, wie ihr Gemüt. Der Alte sagte mir oft, wenn er sah, daß sie mir zugetan war, daß ich gern mit ihr schäkerte, und kein Auge von den ihrigen verwandte, die so blau und offen, wie der Himmel waren, und wie die Kristalle glänzten: wenn ich ein rechtlicher Bergmann werden würde, wolle er sie mir nicht versagen; und er hielt Wort. – Den Tag, wie ich Häuer wurde, legte er seine Hände auf uns und segnete uns als Braut und Bräutigam ein, und wenig Wochen darauf führte ich sie als meine Frau auf meine Kammer. Denselben Tag hieb ich in der Frühschicht noch als Lehrhäuer, eben wie die Sonne oben aufging, eine reiche Ader an. Der Herzog schickte mir eine goldene Kette mit seinem Bildnis auf einer großen Münze, und versprach mir den Dienst meines Schwiegervaters. Wie glücklich war ich, als ich sie am Hochzeittage meiner Braut um den Hals hängen konnte, und aller Augen auf sie gerichtet waren. Unser alter Vater erlebte noch einige muntre Enkel, und die Anbrüche seines Herbstes waren reicher, als er gedacht hatte. Er konnte mit Freudigkeit seine Schicht beschließen, und aus der dunkeln Grube dieser Welt fahren, um in Frieden auszuruhen, und den großen Lohntag zu erwarten."

„Herr", sagte der Alte, indem er sich zu Heinrichen wandte und einige Tränen aus den Augen trocknete, „der Bergbau muß von Gott gesegnet werden! denn es gibt keine Kunst, die ihre Teilhaber glücklicher und edler machte, die mehr den Glauben an eine himmlische Weisheit und Fügung erweckte, und die Unschuld und Kindlichkeit des Herzens reiner erhielte, als der Bergbau. Arm wird der Bergmann geboren, und arm gehet er wieder dahin. Er begnügt sich zu wissen, wo die metallischen Mächte gefunden werden, und sie zu Tage zu fördern; aber ihr blendender Glanz vermag nichts über sein lautres Herz. Unentzündet von gefährlichem Wahnsinn, freut er sich mehr über ihre wunderlichen Bildungen, und die Seltsamkeiten ihrer Herkunft und ihrer Wohnungen, als über ihren alles verheißenden Besitz. Sie haben für ihn keinen Reiz mehr, wenn sie Waren geworden sind, und er sucht sie lieber unter tausend Gefahren und Mühseligkeiten in den Festen der Erde, als daß er ihrem Rufe in die Welt folgen, und auf der Oberfläche des Bodens durch täuschende, hinterlistige Künste nach ihnen trachten sollte. Jene Mühseligkeiten erhalten sein Herz frisch und seinen Sinn wacker; er genießt seinen kärglichen Lohn mit inniglichem Danke, und steigt jeden Tag mit verjüngter Lebensfreude aus den dunkeln Grüften seines Berufs. Nur Er kennt die Reize des Lichts und der Ruhe, die Wohltätigkeit der freien Luft und Aussicht um sich her; nur ihm schmeckt Trank und Speise recht erquicklich und andächtig, wie der Leib des Herrn; und mit welchem liebevollen und empfänglichen Gemüt tritt er nicht unter seines Gleichen, oder herzt seine Frau und Kinder, und ergötzt sich dankbar an der schönen Gabe des traulichen Gesprächs!

Sein einsames Geschäft sondert ihn vom Tage und dem Umgange mit Menschen einen großen Teil seines Lebens ab. Er gewöhnt sich nicht zu einer stumpfen Gleichgültigkeit gegen diese überirdischen tiefsinnigen Dinge und behält die kindliche Stimmung, in der ihm alles mit seinem eigentümlichsten Geiste und in seiner ursprünglichen bunten Wunderbarkeit erscheint. Die Natur will nicht der ausschließliche Besitz eines einzigen sein. Als Eigentum verwandelt sie sich in ein böses Gift, was die Ruhe verscheucht, und die verderbliche Lust, alles in diesen Kreis des Besitzers zu ziehn, mit einem Gefolge von unendlichen Sorgen und wilden Leidenschaften herbeilockt. So untergräbt sie heimlich den Grund des Eigentümers, und begräbt ihn bald in den einbrechenden Abgrund, um aus Hand in Hand zu gehen, und so ihre Neigung, allen anzugehören, allmählich zu befriedigen.

Wie ruhig arbeitet dagegen der arme genügsame Bergmann in seinen tiefen Einöden, entfernt von dem unruhigen Tumult des Tages, und einzig von Wißbegier und Liebe zur Eintracht beseelt. Er gedenkt in seiner Einsamkeit mit inniger Herzlichkeit seiner Genossen und seiner Familie, und fühlt immer erneuert die gegenseitige Unentbehrlichkeit und Blutsverwandtschaft der Menschen. Sein Beruf lehrt ihn unermüdliche Geduld, und läßt nicht zu, daß sich seine Aufmerksamkeit in unnütze Gedanken zerstreue. Er hat mit einer wunderlichen harten und unbiegsamen Macht zu tun, die nur durch hartnäckigen Fleiß und beständige Wachsamkeit zu überwinden ist. Aber welches köstliche Gewächs blüht ihm auch in diesen schauerlichen Tiefen, das wahrhafte Vertrauen zu seinem himmlischen Vater, dessen Hand und Vorsorge ihm alle Tage in unverkennbaren Zeichen sichtbar wird. Wie unzählige Mal habe ich nicht vor Ort gesessen, und bei dem Schein meiner Lampe das schlichte Kruzifix mit der innigsten Andacht betrachtet! da habe ich erst den heiligen Sinn dieses rätselhaften Bildnisses recht gefaßt, und den edelsten Gang meines Herzens erschürft, der mir eine ewige Ausbeute gewährt hat.“

Der Alte fuhr nach einer Weile fort und sagte: „Wahrhaftig, das muß ein göttlicher Mann gewesen sein, der den Menschen zuerst die edle Kunst des Bergbaus gelehrt, und in dem Schoße der Felsen dieses ernste Sinnbild des menschlichen Lebens verborgen hat. Hier ist der Gang mächtig und gebräch, aber arm, dort drückt ihn der Felsen in eine armselige, unbedeutende Kluft zusammen, und gerade hier brechen die edelsten Geschicke ein. Andre Gänge verunedlen ihn, bis sich ein verwandter Gang freundlich mit ihm schart, und seinen Wert unendlich erhöht. Oft zerschlägt er sich vor dem Bergmann in tausend Trümmern: aber der Geduldige läßt sich nicht schrecken, er verfolgt ruhig seinen Weg, und sieht seinen Eifer belohnt, indem er ihn bald wieder in neuer Mächtigkeit und Höflichkeit ausrichtet. Oft lockt ihn ein betrügliches Trum aus der wahren Richtung; aber bald erkennt er den falschen Weg, und bricht mit Gewalt querfeldein, bis er den wahren erzführenden Gang wiedergefunden hat. Wie bekannt wird hier nicht der Bergmann mit allen Launen des Zufalls, wie sicher aber auch, daß Eifer und Beständigkeit die einzigen untrüglichen Mittel sind, sie zu bemeistern, und die von ihnen hartnäckig verteidigten Schätze zu heben.“

„Es fehlt Euch gewiß nicht“, sagte Heinrich, „an ermunternden Liedern. Ich sollte meinen daß Euch Euer Beruf unwillkürlich zu Gesängen begeistern und die Musik eine willkommne Begleiterin der Bergleute sein müßte.“

„Da habt Ihr wahr gesprochen“, erwiderte der Alte; „Gesang und Zitherspiel gehört zum Leben des Bergmanns, und kein Stand kann mit mehr Vergnügen die Reize derselben genießen, als der unsrige. Musik und Tanz sind eigentliche Freuden des Bergmanns; sie sind wie ein fröhliches Gebet, und die Erinnerungen und Hoffnungen desselben helfen die mühsame Arbeit erleichtern und die lange Einsamkeit verkürzen.

Wenn es Euch gefällt, so will ich Euch gleich einen Gesang zum besten geben, der fleißig in meiner Jugend gesungen wurde.

Der ist der Herr der Erde,
Wer ihre Tiefen mißt,
Und jeglicher Beschwerde
In ihrem Schoß vergißt.

Wer ihrer Felsenglieder
Geheimen Bau versteht,
Und unverdrossen nieder
Zu ihrer Werkstatt geht.

Er ist mit ihr verbündet,
Und inniglich vertraut,
Und wird von ihr entzündet,
Als wär sie seine Braut.

Er sieht ihr alle Tage
Mit neuer Liebe zu,
Und scheut nicht Fleiß und Plage,
Sie läßt ihm keine Ruh.

Die mächtigen Geschichten
Der längst verfloßnen Zeit,
Ist sie ihm zu berichten
Mit Freundlichkeit bereit.

Der Vorwelt heilge Lüfte
Umwehn sein Angesicht,
Und in die Nacht der Klüfte
Strahlt ihm ein ewges Licht.

Er trifft auf allen Wegen
Ein wohlbekanntes Land,
Und gern kommt sie entgegen
Den Werken seiner Hand.

Ihm folgen die Gewässer
Hülfreich den Berg hinauf;

Und alle Felsenschlösser,
Tun ihre Schätz' ihm auf.

Er fährt des Goldes Ströme
In seines Königs Haus,
Und schmückt die Diademe
Mit edlen Steinen aus.

Zwar reicht er treu dem König
Den glückbegabten Arm,
Doch fragt er nach ihm wenig
Und bleibt mit Freuden arm.

Sie mögen sich erwürgen
Am Fuß um Gut und Geld,
Er bleibt auf den Gebürgen
Der frohe Herr der Welt.“

Heinrichen gefiel das Lied ungemein, und er bat den Alten, ihm noch eins mitzuteilen. Der Alte war auch gleich bereit und sagte: „Ich weiß noch ein wunderliches Lied, was wir selbst nicht wissen, wo es her ist.

Es brachte es ein reisender Bergmann mit, der weit herkam, und ein sonderlicher Rutengänger war. Das Lied fand großen Beifall, weil es so seltsamlich klang, beinah so dunkel und unverständlich, wie die Musik selbst, aber eben darum auch so unbegreiflich anzog, und im wachenden Zustande wie ein Traum unterhielt.

Ich kenne wo ein festes Schloß
Ein stiller König wohnt darinnen.
Mit einem wunderlichen Troß;
Doch steigt er nie auf seine Zinnen.
Verborgen ist sein Lustgemach,
Und unsichtbare Wächter lauschen;
Nur wohlbekannte Quellen rauschen
Zu ihm herab vom bunten Dach.

Was ihre hellen Augen sahn
In der Gestirne weiten Sälen,
Das sagen sie ihm treulich an
Und können sich nicht satt erzählen.

Er badet sich in ihrer Flut,
Wäscht sauber seine zarten Glieder
Und seine Strahlen blinken wieder
Aus seiner Mutter weißem Blut.

Sein Schloß ist alt und wunderbar,
Es sank herab aus tiefen Meeren,
Stand fest, und steht noch immerdar,
Die Flucht zum Himmel zu verwehren.
Von innen schlingt ein heimlich Band
Sich um des Reiches Untertanen,
Und Wolken wehn wie Siegesfahnen
Herunter von der Felsenwand.

Ein unermeßliches Geschlecht
Umgibt die festverschloßnen Pforten,
Ein jeder spielt den treuen Knecht
Und ruft den Herrn mit süßen Worten.
Sie fühlen sich durch ihn beglückt,
Und ahnden nicht, daß sie gefangen,
Berauscht von trüglichem Verlangen
Weiß keiner, wo der Schuh ihn drückt.

Nur wenige sind schlau und wach,
Und dürsten nicht nach seinen Gaben;
Sie trachten unablässig nach,
Das alte Schloß zu untergraben.
Der Heimlichkeit urmächtgen Bann,
Kann nur die Hand der Einsicht lösen;
Gelingt's, das Innere zu entblößen,
So bricht der Tag der Freiheit an.

Dem Fleiß ist keine Wand zu fest,
Dem Mut kein Abgrund unzugänglich;
Wer sich auf Herz und Hand verläßt,
Spürt nach dem König unbedenklich.
Aus seinen Kammern holt er ihn,
Vertreibt die Geister durch die Geister,

Macht sich der wilden Fluten Meister,
Und heißt sie selbst heraus sich ziehn.

Je mehr er nun zum Vorschein kömmt
Und wild umher sich treibt auf Erden:
Je mehr wird seine Macht gedämmt,
Je mehr die Zahl der Freien werden.
Am Ende wird von Banden los
Das Meer die leere Burg durchdringen
Und trägt auf weichen grünen Schwingen
Zurück uns in der Heimat Schoß."

Es dünkte Heinrichen, wie der Alte geendigt hatte, als habe er das Lied schon irgendwo gehört. Er ließ es sich wiederholen und schrieb es sich auf. Der Alte ging nachher hinaus und die Kaufleute sprachen unterdessen mit den andern Gästen über die Vorteile des Bergbaues und seine Mühseligkeiten. Einer sagte: „Der Alte ist gewiß nicht umsonst hier. Er ist heute zwischen den Hügeln umhergeklettert und hat gewiß gute Anzeichen gefunden. Wir wollen ihn doch fragen, wenn er wieder herein kömmt." – „Wißt ihr wohl", sagte ein andrer, „daß wir ihn bitten könnten, eine Quelle für unser Dorf zu suchen? Das Wasser ist weit, und ein guter Brunnen wäre uns sehr willkommen." – „Mir fällt ein", sagte ein dritter, „daß ich ihn fragen möchte, ob er einen von meinen Söhnen mit sich nehmen will, der mir schon das ganze Haus voll Steine getragen hat. Der Junge wird gewiß ein tüchtiger Bergmann, und der Alte scheint ein guter Mann zu sein, der wird schon was Rechtes aus ihm ziehn." Die Kaufleute redeten, ob sie vielleicht durch den Bergmann ein vorteilhaftes Verkehr mit Böhmen anspannen und Metalle daher zu guten Preisen erhalten möchten. Der Alte trat wieder in die Stube, und alle wünschten seine Bekanntschaft zu benutzen. Er fing an und sagte: „Wie dumpf und ängstlich ist es doch hier in der engen Stube. Der Mond steht draußen in voller Herrlichkeit, und ich hätte große Lust noch einen Spaziergang zu machen. Ich habe heute bei Tage einige merkwürdige Höhlen hier in der Nähe gesehn. Vielleicht entschließen sich einige mitzugehn; und wenn wir nur Licht mitnehmen, so werden wir ohne Schwierigkeiten uns darin umsehn können."

Den Leuten aus dem Dorfe waren diese Höhlen schon bekannt: aber bis jetzt hatte keiner gewagt hineinzusteigen; vielmehr trugen sie sich mit fürchterlichen Sagen von Drachen und andern Untieren, die darin hausen sollten. Einige wollten sie selbst gesehn haben, und behaupteten, daß man Knochen an ihrem Eingange von geraubten und verzehrten Menschen und Tieren fände. Einige andre vermeinten, daß ein Geist dieselben bewohne, wie sie denn einigemal aus der Ferne eine seltsame menschliche Gestalt gesehn, auch zur Nachtzeit Gesänge da herüber gehört haben wollten.

Der Alte schien ihnen keinen großen Glauben beizumessen, und versicherte lachend, daß sie unter dem Schutze eines Bergmanns getrost mitgehn könnten, indem die Ungeheuer sich vor ihm scheuen müßten, ein singender Geist aber gewiß ein wohltätiges Wesen sei. Die Neugier machte viele beherzt genug, seinen Vorschlag einzugehn; auch Heinrich wünschte ihn zu begleiten, und seine Mutter gab endlich auf das Zureden und Versprechen des Alten, genaue Acht auf Heinrichs Sicherheit zu haben, seinen Bitten nach. Die Kaufleute waren ebenso entschlossen. Es wurden lange Kienspäne zu Fackeln zusammengeholt; ein Teil der Gesellschaft versah sich noch zum Überfluß mit Leitern, Stangen, Stricken und allerhand Verteidigungswerkzeugen, und so begann endlich die Wallfahrt nach den nahen Hügeln. Der Alte ging mit Heinrich und den Kaufleuten voran. Jener Bauer hatte seinen wißbegierigen Sohn herbeigeholt, der voller Freude sich einer Fackel bemächtigte, und den Weg zu den Höhlen zeigte. Der Abend war heiter und warm. Der Mond stand in mildem Glanze über den Hügeln, und ließ wunderliche Träume in allen Kreaturen aufsteigen. Selbst wie ein Traum der Sonne, lag er über der in sich gekehrten Traumwelt, und führte die in unzählige Grenzen geteilte Natur in jene fabelhafte Urzeit zurück, wo jeder Keim noch für sich schlummerte, und einsam und unberührt sich vergeblich sehnte, die dunkle Fülle seines unermeßlichen Daseins zu entfalten. In Heinrichs Gemüt spiegelte sich das Märchen des Abends. Es war ihm, als ruhte die Welt aufgeschlossen in ihm, und zeigte ihm, wie einem Gastfreunde, alle ihre Schätze und verborgenen Lieblichkeiten. Ihm dünkte die große einfache Erscheinung um ihn so verständlich. Die Natur schien ihm nur deswegen so unbegreiflich, weil sie das Nächste und Traulichste mit einer solchen Verschwendung von mannigfachen Ausdrücken um den Menschen her türmte. Die Worte des Alten hatten eine versteckte Tapetentür in ihm geöffnet. Er sah sein kleines Wohnzimmer dicht an einen erhabenen Münster gebaut, aus dessen steinernem Boden die ernste Vorwelt emporstieg, während von der Kuppel die klare fröhliche Zukunft in goldnen Engelskindern ihr singend entgegenschwebte. Gewaltige Klänge bebten in den silbernen Gesang, und zu den weiten Toren traten alle Kreaturen herein, von denen jede ihre innere Natur in einer einfachen Bitte und in einer eigentümlichen Mundart vernehmlich aussprach. Wie wunderte er sich, daß ihm diese klare, seinem Dasein schon unentbehrliche Ansicht so lange fremd geblieben war. Nun übersah er auf einmal alle seine Verhältnisse mit der weiten Welt um ihn her; fühlte, was er durch sie geworden und was sie ihm werden würde, und begriff alle die seltsamen Vorstellungen und Anregungen, die er schon oft in ihrem Anschauen gespürt hatte. Die Erzählung der Kaufleute von dem Jünglinge, der die Natur so emsig betrachtete, und der Eidam des Königs wurde, kam ihm wieder zu Gedanken, und tausend andere Erinnerungen seines Lebens knüpften sich von selbst an einen zauberischen Faden. Während der Zeit, daß Heinrich seinen Betrachtungen nachhing, hatte sich die Gesellschaft der Höhle genähert. Der Eingang war niedrig, und der Alte nahm eine Fackel und kletterte über einige Steine zuerst hinein. Ein ziemlich fühlbarer Luftstrom kam ihm entgegen, und der Alte versicherte, daß sie getrost folgen könnten. Die Furchtsamsten gingen zuletzt, und hielten ihre Waffen in Bereitschaft. Heinrich und die Kaufleute waren hinter dem Alten und der Knabe wanderte munter an seiner Seite. Der Weg lief anfänglich in einem ziemlich schmalen Gange, welcher sich aber bald in eine sehr weite und hohe Höhle endigte, die der Fackelglanz nicht völlig zu erleuchten vermochte; doch sah man im Hintergrunde einige Öffnungen sich in die Felsenwand verlieren. Der Boden war weich und ziemlich eben; die Wände sowie die Decke waren ebenfalls nicht rauh und unregelmäßig; aber was die Aufmerksamkeit aller vorzüglich beschäftigte, war die unzählige Menge von Knochen und Zähnen, die den Boden bedeckten. Viele waren völlig erhalten, an andern sah man Spuren der Verwesung, und die, welche aus den Wänden hin und wieder hervorragten, schienen steinartig geworden zu sein. Die meisten waren von ungewöhnlicher Größe und Stärke. Der Alte freute sich über diese Überbleibsel einer uralten Zeit; nur den Bauern war nicht wohl dabei zumute, denn sie hielten sie für deutliche Spuren naher Raubtiere, so überzeugend ihnen auch der Alte die Zeichen eines undenklichen Altertums daran aufwies, und sie fragte, ob sie je etwas von Verwüstungen unter ihren Herden und vom Raube benachbarter Menschen gespürt hätten und ob sie jene Knochen für Knochen bekannter Tiere oder Menschen halten könnten? Der Alte wollte nun weiter in den Berg, aber die Bauern fanden für ratsam sich vor die Höhle zurückzuziehn, und dort seine Rückkunft abzuwarten. Heinrich, die Kaufleute und der Knabe blieben bei dem Alten, und versahen sich mit Stricken und Fackeln. Sie gelangten bald in eine zweite Höhle, wobei der Alte nicht vergaß, den Gang aus dem sie hereingekommen waren, durch eine Figur von Knochen, die er davor hinlegte, zu bezeichnen. Die Höhle glich der vorigen und war ebenso reich an tierischen Resten. Heinrichen war schauerlich und wunderbar zumute; es gemahnte ihn, als wandle er durch die Vorhöfe des innern Erdenpalastes. Himmel und Leben lag ihm auf einmal weit entfernt, und diese dunkeln weiten Hallen schienen zu einem unterirdischen seltsamen Reiche zu gehören. „Wie“, dachte er bei sich selbst, „wäre es möglich, daß unter unsern Füßen eine eigene Welt in einem ungeheuern Leben sich bewegte? daß unerhörte Geburten in den Festen der Erde ihr Wesen trieben, die das innere Feuer des dunkeln Schoßes zu riesenmäßigen und geistesgewaltigen Gestalten auftriebe? Könnten dereinst diese schauerlichen Fremden, von der eindringenden Kälte hervorgetrieben, unter uns erscheinen, während vielleicht zu gleicher Zeit himmlische Gäste, lebendige, redende Kräfte der Gestirne über unsern Häuptern sichtbar würden? Sind diese Knochen Überreste ihrer Wanderungen nach der Oberfläche, oder Zeichen einer Flucht in die Tiefe?“

Auf einmal rief der Alte die andern herbei, und zeigte ihnen eine ziemlich frische Menschenspur auf dem Boden. Mehrere konnten sie nicht finden, und so glaubte der Alte, ohne fürchten zu müssen, auf Räuber zu stoßen, der Spur nachgehen zu können. Sie waren eben im Begriff dies auszuführen, als auf einmal, wie unter ihren Füßen, aus einer fernen Tiefe ein ziemlich vernehmlicher Gesang anfing. Sie erstaunten nicht wenig, doch horchten sie genau auf:

Gern verweil' ich noch im Tale
Lächelnd in der tiefen Nacht,
Denn der Liebe volle Schale
Wird mir täglich dargebracht.

Ihre heilgen Tropfen heben
Meine Seele hoch empor,
Und ich steh in diesem Leben
Trunken an des Himmels Tor.

Eingewiegt in selges Schauen
Ängstigt mein Gemüt kein Schmerz.
O! die Königin der Frauen
Gibt mir ihr getreues Herz.

Bangverweinte Jahre haben
Diesen schlechten Ton verklärt,

Und ein Bild ihm eingegraben,
Das ihm Ewigkeit gewährt.

Jene lange Zahl von Tagen
Dünkt mir nur ein Augenblick;
Werd ich einst von hier getragen,
Schau ich dankbar noch zurück.

Alle waren auf das angenehmste überrascht, und wünschten sehnlichst den Sänger zu entdecken.

Nach einigem Suchen trafen sie in einem Winkel der rechten Seitenwand, einen abwärts gesenkten Gang, in welchen die Fußtapfen zu führen schienen. Bald dünkte es ihnen, eine Hellung zu bemerken, die stärker wurde, je näher sie kamen. Es tat sich ein neues Gewölbe von noch größerm Umfange, als die vorherigen, auf, in dessen Hintergrunde sie bei einer Lampe eine menschliche Gestalt sitzen sahen, die vor sich auf einer steinernen Platte ein großes Buch liegen hatte, in welchem sie zu lesen schien.

Sie drehte sich nach ihnen zu, stand auf und ging ihnen entgegen. Es war ein Mann, dessen Alter man nicht erraten konnte. Er sah weder alt noch jung aus, keine Spuren der Zeit bemerkte man an ihm, als schlichte silberne Haare, die auf der Stirn gescheitelt waren. In seinen Augen lag eine unaussprechliche Heiterkeit, als sähe er von einem hellen Berge in einen unendlichen Frühling hinein. Er hatte Sohlen an die Füße gebunden, und schien keine andere Kleidung zu haben, als einen weiten Mantel, der um ihn hergeschlungen war, und seine edle große Gestalt noch mehr heraus hob. Über ihre unvermutete Ankunft schien er nicht im mindesten verwundert; wie ein Bekannter begrüßte er sie. Es war, als empfing er erwartete Gäste in seinem Wohnhause. „Es ist doch schön, daß ihr mich besucht", sagte er; „ihr seid die ersten Freunde, die ich hier sehe, so lange ich auch schon hier wohne. Scheint es doch, als finge man an, unser großes wunderbares Haus genauer zu betrachten." Der Alte erwiderte: „Wir haben nicht vermutet, einen so freundlichen Wirt hier zu finden. Von wilden Tieren und Geistern war uns erzählt, und nun sehen wir uns auf das anmutigste getäuscht. Wenn wir Euch in Eurer Andacht und in Euren tiefsinnigen Betrachtungen gestört haben, so verzeiht es unserer Neugierde." – „Könnte eine Betrachtung erfreulicher sein", sagte der Unbekannte, „als die froher uns zusagender Menschengesichter? Haltet mich nicht für einen Menschenfeind, weil ihr mich in dieser Einöde trefft. Ich habe die Welt nicht geflohen, sondern ich habe nur eine Ruhestätte gesucht, wo ich ungestört meinen Betrachtungen nachhängen könnte." – „Hat Euch Euer Entschluß nie gereut, und kommen nicht zuweilen Stunden, wo Euch bange wird und Euer Herz nach einer Menschenstimme verlangt?" – „Jetzt nicht mehr. Es war eine Zeit in meiner Jugend, wo eine heiße Schwärmerei mich veranlaßte, Einsiedler zu werden. Dunkle Ahndungen beschäftigten meine jugendliche Phantasie. Ich hoffte volle Nahrung meines Herzens in der Einsamkeit zu finden. Unerschöpflich dünkte mir die Quelle meines innern Lebens. Aber ich merkte bald, daß man eine Fülle von Erfahrungen dahin mitbringen muß, daß ein junges Herz nicht allein sein kann, ja daß der Mensch erst durch vielfachen Umgang mit seinem Geschlecht eine gewisse Selbständigkeit erlangt."

„Ich glaube selbst", erwiderte der Alte, „daß es einen gewissen natürlichen Beruf zu jeder Lebensart gibt, und vielleicht, daß die Erfahrungen eines zunehmenden Alters von selbst auf eine Zurückziehung aus der menschlichen Gesellschaft führen. Scheint es doch, als sei dieselbe Tätigkeit, sowohl zum Gewinst als zur Erhaltung gewidmet. Eine große Hoffnung, ein gemeinschaftlicher Zweck treibt sie mit Macht; und Kinder und Alte scheinen nicht dazu zu gehören. Unbehülflichkeit und Unwissenheit schließen die ersten davon aus, während die letztern jene Hoffnung erfüllt, jenen Zweck erreicht sehen, und nun nicht mehr von ihnen in den Kreis jener Gesellschaft verflochten, in sich selbst zurückkehren, und genug zu tun finden, sich auf eine höhere Gemeinschaft würdig vorzubereiten. Indes scheinen bei Euch noch besondere Ursachen stattgefunden zu haben, Euch so gänzlich von den Menschen abzusondern und Verzicht auf alle Bequemlichkeiten der Gesellschaft zu leisten. Mich dünkt, daß die Spannung Eures Gemüts doch oft nachlassen und Euch dann unbehaglich zumute werden müßte."

„Ich fühlte das wohl, indes habe ich es glücklich durch eine strenge Regelmäßigkeit meines Lebens zu vermeiden gewußt. Dabei suche ich mich durch Bewegung gesund zu erhalten, und dann hat es keine Not. Jeden Tag gehe ich mehrere Stunden herum, und genieße den Tag und die Luft soviel ich kann. Sonst halte ich mich in diesen Hallen auf, und beschäftige mich zu gewissen Stunden mit Korbflechten und Schnitzen. Für meine Waren tausche ich mir in entlegenen Ortschaften Lebensmittel ein, Bücher hab ich mir mitgebracht, und so vergeht die Zeit, wie ein Augenblick. In jenen Gegenden habe ich einige Bekannte, die um meinen Aufenthalt wissen, und von denen ich erfahre, was in der Welt geschieht. Diese werden mich begraben, wenn ich tot bin und meine Bücher zu sich nehmen."

Er führte sie näher an seinen Sitz, der nahe an der Höhlenwand war. Sie sahen mehrere Bücher auf der Erde liegen, auch eine Zither, und an der Wand hing eine völlige Rüstung, die ziemlich kostbar zu sein schien. Der Tisch bestand aus fünf großen steinernen Platten, die wie ein Kasten zusammengesetzt waren. Auf der obersten lagen eine männliche und weibliche Figur in Lebensgröße eingehauen, die einen Kranz von Lilien und Rosen angefaßt hatten; an den Seiten stand:

Friedrich und Marie von Hohenzollern
kehrten auf dieser Stelle in ihr Vaterland zurück.

Der Einsiedler fragte seine Gäste nach ihrem Vaterlande, und wie sie in diese Gegenden gekommen wären. Er war sehr freundlich und offen, und verriet eine große Bekanntschaft mit der Welt. Der Alte sagte: „Ich sehe, Ihr seid ein Kriegsmann gewesen, die Rüstung verrät Euch." – „Die Gefahren und Wechsel des Krieges, der hohe poetische Geist, der ein Kriegsheer begleitet, rissen mich aus meiner jugendlichen Einsamkeit und bestimmten die Schicksale meines Lebens. Vielleicht, daß das lange Getümmel, die unzähligen Begebenheiten, denen ich beiwohnte, mir den Sinn für die Einsamkeit noch mehr geöffnet haben: die zahllosen Erinnerungen sind eine unterhaltende Gesellschaft, und dies um so mehr, je veränderter der Blick ist, mit dem wir sie überschauen, und der nun erst ihren wahren Zusammenhang, den Tiefsinn ihrer Folge, und die Bedeutung ihrer Erscheinungen entdeckt. Der eigentliche Sinn für die Geschichte der Menschen entwickelt sich erst spät, und mehr unter den stillen Einflüssen der Erinnerung, als unter den gewaltsameren Eindrücken der Gegenwart. Die nächsten Ereignisse scheinen nur locker verknüpft, aber sie sympathisieren desto wunderbarer mit entfernteren; und nur dann, wenn man imstande ist, eine lange Reihe zu übersehn und weder alles buchstäblich zu nehmen, noch auch mit mutwilligen Träumen die eigentliche Ordnung zu verwirren, bemerkt man die geheime Verkettung des Ehemaligen und Künftigen, und lernt die Geschichte aus Hoffnung und Erinnerung zusammensetzen. Indes nur dem, welchem die ganze Vorzeit gegenwärtig ist, mag es gelingen, die einfache Regel der Geschichte zu entdecken. Wir kommen nur zu unvollständigen und beschwerlichen Formeln, und können froh sein, nur für uns selbst eine brauchbare Vorschrift zu finden, die uns hinlänglich Aufschlüsse über unser eigenes kurzes Leben verschafft. Ich darf aber wohl sagen, daß jede sorgfältige Betrachtung der Schicksale des Lebens einen tiefen, unerschöpflichen Genuß gewährt, und unter allen Gedanken uns am meisten über die irdischen Übel erhebt. Die Jugend liest die Geschichte nur aus Neugier, wie ein unterhaltendes Märchen; dem reiferen Alter wird sie eine himmlische tröstende und erbauende Freundin, die ihn durch ihre weisen Gespräche sanft zu einer höheren, umfassenderen Laufbahn vorbereitet, und mit der unbekannten Welt ihn in faßlichen Bildern bekannt macht. Die Kirche ist das Wohnhaus der Geschichte, und der stille Hof ihr sinnbildlicher Blumengarten. Von der Geschichte sollten nur alte, gottesfürchtige Leute schreiben, deren Geschichte selbst zu Ende ist, und die nichts mehr zu hoffen haben, als die Verpflanzung in den Garten. Nicht finster und trübe wird ihre Beschreibung sein; vielmehr wird ein Strahl aus der Kuppel alles in der richtigsten und schönsten Erleuchtung zeigen, und heiliger Geist wird über diesen seltsam bewegten Gewässern schweben."

„Wie wahr und einleuchtend ist Eure Rede", setzte der Alte hinzu. „Man sollte gewiß mehr Fleiß darauf wenden, das Wissenswürdige seiner Zeit treulich aufzuzeichnen, und es als ein andächtiges Vermächtnis den künftigen Menschen zu hinterlassen. Es gibt tausend entferntere Dinge, denen Sorgfalt und Mühe gewidmet wird, und gerade um das Nächste und Wichtigste, um die Schicksale unsers eigenen Lebens, unserer Angehörigen, unsers Geschlechts, deren leise Planmäßigkeit wir in den Gedanken einer Vorsehung aufgefaßt haben, bekümmern wir uns so wenig, und lassen sorglos alle Spuren in unserm Gedächtnisse verwischen. Wie Heiligtümer wird eine weisere Nachkommenschaft jede Nachricht, die von den Begebenheiten der Vergangenheit handelt, aufsuchen, und selbst das Leben eines einzelnen unbedeutenden Mannes wird ihr nicht gleichgültig sein, da gewiß sich das große Leben seiner Zeitgenossenschaft darin mehr oder weniger spiegelt."

„Es ist nur so schlimm", sagte der Graf von Hohenzollern, „daß selbst die wenigen, die sich der Aufzeichnung der Taten und Vorfälle ihrer Zeit unterzogen, nicht über ihr Geschäft nachdachten, und ihren Beobachtungen keine Vollständigkeit und Ordnung zu geben suchten, sondern nur aufs Geratewohl bei der Auswahl und Sammlung ihrer Nachrichten verfuhren. Ein jeder wird leicht an sich bemerken, daß er nur dasjenige deutlich und vollkommen beschreiben kann, was er genau kennt, dessen Teile, dessen Entstehung und Folge, dessen Zweck und Gebrauch ihm gegenwärtig sind: denn sonst wird keine Beschreibung, sondern ein verwirrtes Gemisch von unvollständigen Bemerkungen entstehn. Man lasse ein Kind eine Maschine, einen Landmann ein Schiff beschreiben, und gewiß wird kein Mensch aus ihren Worten einigen Nutzen und Unterricht schöpfen können, und so ist es mit den meisten Geschichtsschreibern, die vielleicht fertig genug im Erzählen und bis zum Überdruß weitschweifig sind, aber doch gerade das Wissenswürdigste vergessen, dasjenige, was erst die Geschichte zur Geschichte macht, und die mancherlei Zufälle zu einem angenehmen und lehrreichen Ganzen verbindet. Wenn ich das alles recht bedenke, so scheint es mir, als wenn ein Geschichtschreiber notwendig auch ein Dichter sein müßte, denn nur die Dichter mögen sich auf jene Kunst, Begebenheiten schicklich zu verknüpfen, verstehn. In ihren Erzählungen und Fabeln habe ich mit stillem Vergnügen ihr zartes Gefühl für den geheimnisvollen Geist des Lebens bemerkt. Es ist mehr Wahrheit in ihrem Märchen, als in gelehrten Chroniken. Sind auch ihre Personen und deren Schicksale erfunden: so ist doch der Sinn, in dem sie erfunden sind, wahrhaft und natürlich. Es ist für unsern Genuß und unsere Belehrung gewissermaßen einerlei, ob die Personen, in deren Schicksalen wir den unsrigen nachspüren, wirklich einmal lebten, oder nicht. Wir verlangen nach der Anschauung der großen einfachen Seele der Zeiterscheinungen, und finden wir diesen Wunsch gewährt, so kümmern wir uns nicht um die zufällige Existenz ihrer äußern Figuren."

„Auch ich bin den Dichtern", sagte der Alte, „von jeher deshalb zugetan gewesen. Das Leben und die Welt ist mir klarer und anschaulicher durch sie geworden. Es dünkte mich, sie müßten befreundet mit den scharfen Geistern des Lichtes sein, die alle Naturen durchdringen und sondern, und einen eigentümlichen, zartgefärbten Schleier über jede verbreiten. Meine eigene Natur fühlte ich bei ihren Liedern leicht entfaltet, und es war, als könnte sie sich nun freier bewegen, ihrer Geselligkeit und ihres Verlangens froh werden, mit stiller Lust ihre Glieder gegeneinander schwingen, und tausenderlei anmutige Wirkungen hervorrufen."

„Wart Ihr so glücklich, in Eurer Gegend einige Dichter zu haben?" fragte der Einsiedler.

„Es haben sich wohl zuweilen einige bei uns eingefunden, aber sie schienen Gefallen am Reisen zu finden, und so hielten sie sich meist nicht lange auf. Indes habe ich auf meinen Wanderungen nach Illyrien, nach Sachsen und Schwedenland nicht selten welche gefunden, deren Andenken mich immer erfreuen wird."

„So seid Ihr ja weit umhergekommen, und müßt viele denkwürdige Dinge erlebt haben."

„Unsere Kunst macht es fast nötig, daß man sich weit auf dem Erdboden umsieht, und es ist als triebe den Bergmann ein unterirdisches Feuer umher. Ein Berg schickt ihn dem andern. Er wird nie mit Sehen fertig, und hat seine ganze Lebenszeit an jener wunderlichen Baukunst zu lernen, die unsern Fußboden so seltsam begründet und ausgetäfelt hat. Unsere Kunst ist uralt und weit verbreitet. Sie mag wohl aus Morgen, mit der Sonne, wie unser Geschlecht, nach Abend gewandert sein, und von der Mitte nach den Enden zu. Sie hat überall mit andern Schwierigkeiten zu kämpfen gehabt, und da immer das Bedürfnis den menschlichen Geist zu klugen Erfindungen gereizt, so kann der Bergmann überall seine Einsichten und seine Geschicklichkeit vermehren und mit nützlichen Erfahrungen seine Heimat bereichern."

„Ihr seid beinah verkehrte Astrologen", sagte der Einsiedler. „Wenn diese den Himmel unverwandt betrachten und seine unermeßlichen Räume durchirren: so wendet ihr euren Blick auf den Erdboden, und erforscht seinen Bau. Jene studieren die Kräfte und Einflüsse der Gestirne, und ihr untersucht die Kräfte der Felsen und Berge, und die mannigfaltigen Wirkungen der Erd- und Steinschichten. Jenen ist der Himmel das Buch der Zukunft, während euch die Erde Denkmale der Urwelt zeigt."

„Es ist dieser Zusammenhang nicht ohne Bedeutung", sagte der Alte lächelnd. „Die leuchtenden Propheten spielen vielleicht eine Hauptrolle in jener alten Geschichte des wunderlichen Erdbaus. Man wird vielleicht sie aus ihren Werken, und ihre Werke aus ihnen mit der Zeit besser kennen und erklären lernen. Vielleicht zeigen die großen Gebirgsketten die Spuren ihrer ehemaligen Straßen, und hatten selbst Lust, sich auf ihre eigene Hand zu nähren und ihren eigenen Gang am Himmel zu gehn. Manche hoben sich kühn genug, um auch Sterne zu werden, und müssen nun dafür die schöne grüne Bekleidung der niedrigern Gegenden entbehren. Sie haben dafür nichts erhalten, als daß sie ihren Vätern das Wetter machen helfen, und Propheten für das tiefere Land sind, das sie bald schützen bald mit Ungewittern überschwemmen."

„Seitdem ich in dieser Höhle wohne", fuhr der Einsiedler fort, „habe ich mehr über die alte Zeit nachdenken gelernt. Es ist unbeschreiblich, was diese Betrachtung anzieht, und ich kann mir die Liebe vorstellen, die ein Bergmann für sein Handwerk hegen muß. Wenn ich die seltsamen alten Knochen ansehe, die hier in so gewaltiger Menge versammelt sind; wenn ich mir die wilde Zeit denke, wo diese fremdartigen, ungeheuren Tiere in dichten Scharen sich in diese Höhlen hereindrängten, von Furcht und Angst vielleicht getrieben, und hier ihren Tod fanden; wenn ich dann wieder bis zu den Zeiten hinaufsteige, wo diese Höhlen zusammenwuchsen und ungeheure Fluten das Land bedeckten: so komme ich mir selbst wie ein Traum der Zukunft, wie ein Kind des ewigen Friedens vor. Wie ruhig und friedfertig, wie mild und klar ist gegen diese gewaltsamen, riesenmäßigen Zeiten, die heutige Natur! und das furchtbarste Gewitter, das entsetzlichste Erdbeben in unsern Tagen ist nur ein schwacher Nachhall jener grausenvollen Geburtswehen. Vielleicht daß auch die Pflanzen- und Tierwelt, ja die damaligen Menschen selbst, wenn es auf einzelnen Eilanden in diesem Ozean welche gab, eine andere festere und rauhere Bauart hatten – wenigstens dürfte man die alten Sagen von einem Riesenvolke dann keiner Erdichtungen zeihen."

„Es ist erfreulich", sagte der Alte, „jene allmähliche Beruhigung der Natur zu bemerken. Ein immer innigeres Einverständnis, eine friedlichere Gemeinschaft, eine gegenseitige Unterstützung und Belebung, scheint sich allmählich gebildet zu haben, und wir können immer besseren Zeiten entgegensehn. Es wäre vielleicht möglich, daß hin und wieder noch alter Sauerteig gärte, und noch einige heftige Erschütterungen erfolgten; indes sieht man doch das allmächtige Streben nach freier, einträchtiger Verfassung, und in diesem Geiste wird jede Erschütterung vorübergehen und dem großen Ziele näher führen. Mag es sein, daß die Natur nicht mehr so fruchtbar ist, daß heutzutage keine Metalle und Edelsteine, keine Felsen und Berge mehr entstehn, daß Pflanzen und Tiere nicht mehr zu so erstaunlichen Größen und Kräften aufquellen; je mehr sich ihre erzeugende Kraft erschöpft hat, desto mehr haben ihre bildenden, veredelnden und geselligen Kräfte zugenommen, ihr Gemüt ist empfänglicher und zarter, ihre Phantasie mannigfaltiger und sinnbildlicher, ihre Hand leichter und kunstreicher geworden. Sie nähert sich dem Menschen, und wenn sie ehmals ein wildgebärender Fels war, so ist sie jetzt eine stille, treibende Pflanze, eine stumme menschliche Künstlerin. Wozu wäre auch eine Vermehrung jener Schätze nötig, deren Überfluß auf undenkliche Zeiten ausreicht. Wie klein ist der Raum, den ich durchwandert bin, und welche mächtige Vorräte habe ich nicht gleich auf den ersten Blick gefunden, deren Benutzung der Nachwelt überlassen bleibt. Welche Reichtümer verschließen nicht die Gebirge nach Norden, welche günstige Anzeichen fand ich nicht in meinem Vaterlande überall, in Ungarn, am Fuße der Karpatischen Gebirge, und in den Felsentälern von Tirol, Östreich und Bayern. Ich könnte ein reicher Mann sein, wenn ich das hätte mit mir nehmen können, was ich nur aufzuheben, nur abzuschlagen brauchte. An manchen Orten sah ich mich, wie in einem Zaubergarten. Was ich ansah, war von köstlichen Metallen und auf das kunstreichste gebildet. In den zierlichen Locken und Ästen des Silbers hingen glänzende, rubinrote, durchsichtige Früchte, und die schweren Bäumchen standen auf kristallenem Grunde, der ganz unnachahmlich ausgearbeitet war. Man traute kaum seinen Sinnen an diesen wunderbaren Orten, und ward nicht müde diese reizenden Wildnisse zu durchstreifen und sich an ihren Kleinodien zu ergötzen. Auch auf meiner jetzigen Reise habe ich viele Merkwürdigkeiten gesehn, und gewiß ist in andern Ländern die Erde ebenso ergiebig und verschwenderisch."

„Wenn man", sagte der Unbekannte, „die Schätze bedenkt, die im Orient zu Hause sind, so ist daran kein Zweifel, und ist das ferne Indien, Afrika und Spanien nicht schon im Altertum durch Reichtümer seines Bodens bekannt gewesen? Als Kriegsmann gibt man freilich nicht so genau auf die Adern und Klüfte der Berge acht, indes habe ich doch zuweilen meine Betrachtungen über diese glänzenden Streifen gehabt, die wie seltsame Knospen auf eine unerwartete Blüte und Frucht deuten. Wie hätte ich damals denken können, wenn ich froh über das Licht des Tages an diesen dunkeln Behausungen vorbeizog, daß ich noch im Schoße eines Berges mein Leben beschließen würde. Meine Liebe trug mich stolz über den Erdboden, und in ihrer Umarmung hoffte ich in späten Jahren zu entschlafen. Der Krieg endigte, und ich zog nach Hause, voll froher Erwartungen eines erquicklichen Herbstes. Aber der Geist des Krieges schien der Geist meines Glücks zu sein. Meine Marie hatte mir zwei Kinder im Orient geboren. Sie waren die Freude unsers Lebens. Die Seefahrt und die rauhere abendländische Luft störte ihre Blüte. Ich begrub sie wenig Tage nach meiner Ankunft in Europa. Kummervoll führte ich meine trostlose Gattin nach meiner Heimat. Ein stiller Gram mochte den Faden ihres Lebens mürbe gemacht haben. Auf einer Reise, die ich bald darauf unternehmen mußte, auf der sie mich wie immer begleitete, verschied sie sanft und plötzlich in meinen Armen. Es war hier nahe bei, wo unsere irdische Wallfahrt zu Ende ging. Mein Entschluß war im Augenblicke reif. Ich fand, was ich nie erwartet hatte; eine göttliche Erleuchtung kam über mich, und seit dem Tage, da ich sie hier selbst begrub, nahm eine himmlische Hand allen Kummer von meinem Herzen. Das Grabmal habe ich nachher errichten lassen. Oft scheint eine Begebenheit sich zu endigen, wenn sie erst eigentlich beginnt, und dies hat bei meinem Leben stattgefunden. Gott verleihe euch allen ein seliges Alter, und ein so ruhiges Gemüt wie mir."

Heinrich und die Kaufleute hatten aufmerksam dem Gespräche zugehört, und der erstere fühlte besonders neue Entwickelungen seines ahndungsvollen Innern. Manche Worte, manche Gedanken fielen wie belebender Fruchtstaub in seinen Schoß, und rückten ihn schnell aus dem engen Kreise seiner Jugend auf die Höhe der Welt. Wie lange Jahre lagen die eben vergangenen Stunden hinter ihm, und er glaubte nie anders gedacht und empfunden zu haben.

Der Einsiedler zeigte ihnen seine Bücher. Es waren alte Historien und Gedichte. Heinrich blätterte in den großen schöngemalten Schriften; die kurzen Zeilen der Verse, die Überschriften, einzelne Stellen, und die saubern Bilder, die hier und da, wie verkörperte Worte, zum Vorschein kamen, um die Einbildungskraft des Lesers zu unterstützen, reizten mächtig seine Neugierde. Der Einsiedler bemerkte seine innere Lust, und erklärte ihm die sonderbaren Vorstellungen. Die mannigfaltigsten Lebensszenen waren abgebildet. Kämpfe, Leichenbegängnisse, Hochzeitfeierlichkeiten, Schiffbrüche, Höhlen und Paläste; Könige, Helden, Priester, alte und junge Leute, Menschen in fremden Trachten, und seltsame Tiere, kamen in verschiedenen Abwechselungen und Verbindungen vor. Heinrich konnte sich nicht satt sehen, und hätte nichts mehr gewünscht, als bei dem Einsiedler, der ihn unwiderstehlich anzog, zu bleiben, und von ihm über diese Bücher unterrichtet zu werden. Der Alte fragte unterdes, ob es noch mehr Höhlen gäbe, und der Einsiedler sagte ihm, daß noch einige sehr große in der Nähe lägen, wohin er ihn begleiten wollte. Der Alte war dazu bereit, und der Einsiedler, der die Freude merkte, die Heinrich an seinen Büchern hatte, veranlaßte ihn, zurückzubleiben, und sich während dieser Zeit weiter unter denselben umzusehn. Heinrich blieb mit Freuden bei den Büchern, und dankte ihm innig für seine Erlaubnis. Er blätterte mit unendlicher Lust umher. Endlich fiel ihm ein Buch in die Hände, das in einer fremden Sprache geschrieben war, die ihm einige Ähnlichkeit mit der lateinischen und italienischen zu haben schien. Er hätte sehnlichst gewünscht, die Sprache zu kennen, denn das Buch gefiel ihm vorzüglich, ohne daß er eine Silbe davon verstand. Es hatte keinen Titel, doch fand er noch beim Suchen einige Bilder. Sie dünkten ihm ganz wunderbar bekannt, und wie er recht zusah, entdeckte er seine eigene Gestalt ziemlich kenntlich unter den Figuren. Er erschrak und glaubte zu träumen, aber beim wiederholten Ansehn konnte er nicht mehr an der vollkommenen Ähnlichkeit zweifeln. Er traute kaum seinen Sinnen, als er bald auf einem Bilde die Höhle, den Einsiedler und den Alten neben sich entdeckte. Allmählich fand er auf den andern Bildern die Morgenländerin, seine Eltern, den Landgrafen und die Landgräfin von Thüringen, seinen Freund den Hofkaplan, und manche andere seiner Bekannten; doch waren ihre Kleidungen verändert und schienen aus einer andern Zeit zu sein. Eine große Menge Figuren wußte er nicht zu nennen, doch däuchten sie ihm bekannt. Er sah sein Ebenbild in verschiedenen Lagen. Gegen das Ende kam er sich größer und edler vor. Die Gitarre ruhte in seinen Armen, und die Landgräfin reichte ihm einen Kranz. Er sah sich am kaiserlichen Hofe, zu Schiffe, in trauter Umarmung mit einem schlanken lieblichen Mädchen, in einem Kampfe mit wildaussehenden Männern und in freundlichen Gesprächen mit Sarazenen und Mohren. Ein Mann von ernstem Ansehn kam häufig in seiner Gesellschaft vor. Er fühlte tiefe Ehrfurcht vor dieser hohen Gestalt, und war froh sich Arm in Arm mit ihm zu sehn. Die letzten Bilder waren dunkel und unverständlich; doch überraschten ihn einige Gestalten seines Traumes mit dem innigsten Entzücken; der Schluß des Buches schien zu fehlen. Heinrich war sehr bekümmert, und wünschte nichts sehnlicher, als das Buch lesen zu können, und vollständig zu besitzen. Er betrachtete die Bilder zu wiederholten Malen und war bestürzt, wie er die Gesellschaft zurückkommen hörte. Eine wunderliche Scham befiel ihn. Er getraute sich nicht, seine Entdeckung merken zu lassen, machte das Buch zu, und fragte den Einsiedler nur obenhin nach dem Titel und der Sprache desselben, wo er denn erfuhr, daß es in provenzalischer Sprache geschrieben sei. „Es ist lange, daß ich es gelesen habe“, sagte der Einsiedler. „Ich kann mich nicht genau mehr des Inhalts entsinnen. Soviel ich weiß, ist es ein Roman von den wunderbaren Schicksalen eines Dichters, worin die Dichtkunst in ihren mannigfachen Verhältnissen dargestellt und gepriesen wird. Der Schluß fehlt an dieser Handschrift, die ich aus Jerusalem mitgebracht habe, wo ich sie in der Verlassenschaft eines Freundes fand, und zu seinem Andenken aufhob.“

Sie nahmen nun voneinander Abschied, und Heinrich war bis zu Tränen gerührt. Die Höhle war ihm so merkwürdig, der Einsiedler so lieb geworden.

Alle umarmten diesen herzlich, und er selbst schien sie lieb gewonnen zu haben. Heinrich glaubte zu bemerken, daß er ihn mit einem freundlichen durchdringenden Blick ansehe. Seine Abschiedsworte gegen ihn waren sonderbar bedeutend. Er schien von seiner Entdeckung zu wissen und darauf anzuspielen. Bis zum Eingang der Höhlen begleitete er sie, nachdem er sie und besonders den Knaben gebeten hatte, nichts von ihm gegen die Bauern zu erwähnen, weil er sonst ihren Zudringlichkeiten ausgesetzt sein würde.

Sie versprachen es alle. Wie sie von ihm schieden und sich seinem Gebet empfahlen, sagte er: „Wie lange wird es währen, so sehn wir uns wieder, und werden über unsere heutigen Reden lächeln. Ein himmlischer Tag wird uns umgeben, und wir werden uns freuen, daß wir einander in diesen Tälern der Prüfung freundlich begrüßten, und von gleichen Gesinnungen und Ahndungen beseelt waren. Sie sind die Engel, die uns hier sicher geleiten. Wenn euer Auge fest am Himmel haftet, so werdet ihr nie den Weg zu eurer Heimat verlieren." – Sie trennten sich mit stiller Andacht, fanden bald ihre zaghaften Gefährten, und erreichten unter allerlei Erzählungen in kurzem das Dorf, wo Heinrichs Mutter, die in Sorgen gewesen war, sie mit tausend Freuden empfing.

Sechstes Kapitel

Menschen, die zum Handeln, zur Geschäftigkeit geboren sind, können nicht früh genug alles selbst betrachten und beleben. Sie müssen überall selbst Hand anlegen und viele Verhältnisse durchlaufen, ihr Gemüt gegen die Eindrücke einer neuen Lage, gegen die Zerstreuungen vieler und mannigfaltiger Gegenstände gewissermaßen abhärten, und sich gewöhnen, selbst im Drange großer Begebenheiten den Faden ihres Zwecks festzuhalten, und ihn gewandt hindurchzuführen. Sie dürfen nicht den Einladungen einer stillen Betrachtung nachgeben. Ihre Seele darf keine in sich gekehrte Zuschauerin, sie muß unablässig nach außen gerichtet, und eine emsige, schnell entscheidende Dienerin des Verstandes sein. Sie sind Helden, und um sie her drängen sich die Begebenheiten, die geleitet und gelöst sein wollen. Alle Zufälle werden zu Geschichten unter ihrem Einfluß, und ihr Leben ist eine ununterbrochene Kette merkwürdiger und glänzender, verwickelter und seltsamer Ereignisse.

Anders ist es mit jenen ruhigen, unbekannten Menschen, deren Welt ihr Gemüt, deren Tätigkeit die Betrachtung, deren Leben ein leises Bilden ihrer innern Kräfte ist. Keine Unruhe treibt sie nach außen. Ein stiller Besitz genügt ihnen und das unermeßliche Schauspiel außer ihnen reizt sie nicht selbst, darin aufzutreten, sondern kommt ihnen bedeutend und wunderbar genug vor, um seiner Betrachtung ihre Muße zu widmen. Verlangen nach dem Geiste desselben hält sie in der Ferne, und er ist es, der sie zu der geheimnisvollen Rolle des Gemüts in dieser menschlichen Welt bestimmte, während jene die äußeren Gliedmaßen und Sinne und die ausgehenden Kräfte derselben vorstellen.

Große und vielfache Begebenheiten würden sie stören. Ein einfaches Leben ist ihr Los, und nur aus Erzählungen und Schriften müssen sie mit dem reichen Inhalt, und den zahllosen Erscheinungen der Welt bekannt werden. Nur selten darf im Verlauf ihres Lebens ein Vorfall sie auf einige Zeit in seine raschen Wirbel mit hereinziehn, um durch einige Erfahrungen sie von der Lage und dem Charakter der handelnden Menschen genauer zu unterrichten. Dagegen wird ihr empfindlicher Sinn schon genug von nahen unbedeutenden Erscheinungen beschäftigt, die ihm jene große Welt verjüngt darstellen, und sie werden keinen Schritt tun, ohne die überraschendsten Entdeckungen in sich selbst über das Wesen und die Bedeutung derselben zu machen. Es sind die Dichter, diese seltenen Zugmenschen, die zuweilen durch unsere Wohnsitze wandeln, und überall den alten ehrwürdigen Dienst der Menschheit und ihrer ersten Götter, der Gestirne, des Frühlings, der Liebe, des Glücks, der Fruchtbarkeit, der Gesundheit, und des Frohsinns erneuern; sie, die schon hier im Besitz der himmlischen Ruhe sind, und von keinen törichten Begierden umhergetrieben, nur den Duft der irdischen Früchte einatmen, ohne sie zu verzehren und dann unwiderruflich an die Unterwelt gekettet zu sein. Freie Gäste sind sie, deren goldener Fuß nur leise auftritt, und deren Gegenwart in allen unwillkürlich die Flügel ausbreitet. Ein Dichter läßt sich wie ein guter König, frohen und klaren Gesichtern nach aufsuchen, und er ist es, der allein den Namen eines Weisen mit Recht führt. Wenn man ihn mit dem Helden vergleicht, so findet man, daß die Gesänge der Dichter nicht selten den Heldenmut in jugendlichen Herzen erweckt, Heldentaten aber wohl nie den Geist der Poesie in ein neues Gemüt gerufen haben.

Heinrich war von Natur zum Dichter geboren. Mannigfaltige Zufälle schienen sich zu seiner Bildung zu vereinigen, und noch hatte nichts seine innere Regsamkeit gestört. Alles was er sah und hörte schien nur neue Riegel in ihm wegzuschieben, und neue Fenster ihm zu öffnen. Er sah die Welt in ihren großen und abwechselnden Verhältnissen vor sich liegen. Noch war sie aber stumm, und ihre Seele, das Gespräch, noch nicht erwacht. Schon nahte sich ein Dichter, ein liebliches Mädchen an der Hand, um durch Laute der Muttersprache und durch Berührung eines süßen zärtlichen Mundes, die blöden Lippen aufzuschließen, und den einfachen Akkord in unendliche Melodien zu entfalten.

Diese Reise war nun geendigt. Es war gegen Abend, als unsere Reisenden wohlbehalten und fröhlich in der weltberühmten Stadt Augsburg anlangten, und voller Erwartung durch die hohen Gassen nach dem ansehnlichen Hause des alten Schwaning ritten.

Heinrichen war schon die Gegend sehr reizend vorgekommen. Das lebhafte Getümmel der Stadt und die großen, steinernen Häuser befremdeten ihn angenehm. Er freute sich inniglich über seinen künftigen Aufenthalt. Seine Mutter war sehr vergnügt nach der langen, mühseligen Reise sich hier in ihrer geliebten Vaterstadt zu sehen, bald ihren Vater und ihre alten Bekannten wieder zu umarmen, ihren Heinrich ihnen vorstellen, und einmal alle Sorgen des Hauswesens bei den traulichen Erinnerungen ihrer Jugend, ruhig vergessen zu können. Die Kaufleute hofften sich bei den dortigen Lustbarkeiten für die Unbequemlichkeiten des Weges zu entschädigen, und einträgliche Geschäfte zu machen.

Das Haus des alten Schwaning fanden sie erleuchtet, und eine lustige Musik tönte ihnen entgegen. „Was gilt's“, sagten die Kaufleute, „Euer Großvater gibt ein fröhliches Fest. Wir kommen wie gerufen. Wie wird er über die ungeladenen Gäste erstaunen. Er läßt es sich wohl nicht träumen, daß das wahre Fest nun erst angehn wird.“ Heinrich fühlte sich verlegen, und seine Mutter war nun wegen ihres Anzugs in Sorgen. Sie stiegen ab, die Kaufleute blieben bei den Pferden, und Heinrich und seine Mutter traten in das prächtige Haus. Unten war kein Hausgenosse zu sehen. Sie mußten die breite Wendeltreppe hinauf. Einige Diener liefen vorüber, die sie baten, dem alten Schwaning die Ankunft einiger Fremden anzusagen, die ihn zu sprechen wünschten. Die Diener machten anfangs einige Schwierigkeiten; die Reisenden sahen nicht zum besten aus; doch meldeten sie es dem Herrn des Hauses. Der alte Schwaning kam heraus. Er kannte sie nicht gleich, und fragte nach ihrem Namen und Anliegen. Heinrichs Mutter weinte, und fiel ihm um den Hals. „Kennt Ihr Eure Tochter nicht mehr?“ rief sie weinend. „Ich bringe Euch meinen Sohn.“ Der alte Vater war äußerst gerührt. Er drückte sie lange an seine Brust; Heinrich sank auf ein Knie, und küßte ihm zärtlich die Hand. Er hob ihn zu sich, und hielt Mutter und Sohn umarmt. „Geschwind herein“, sagte Schwaning, „ich habe lauter Freunde und Bekannte bei mir, die sich herzlich mit mir freuen werden.“ Heinrichs Mutter schien einige Zweifel zu haben. Sie hatte keine Zeit sich zu besinnen. Der Vater führte beide in den hohen, erleuchteten Saal. „Da bringe ich meine Tochter und meinen Enkel aus Eisenach“, rief Schwaning in das frohe Getümmel glänzend gekleideter Menschen. Alle Augen kehrten sich nach der Tür; alles lief herzu, die Musik schwieg, und die beiden Reisenden standen verwirrt und geblendet in ihren staubigen Kleidern, mitten in der bunten Schar. Tausend freudige Ausrufungen gingen von Mund zu Mund. Alte Bekannte drängten sich um die Mutter. Es gab unzählige Fragen. Jedes wollte zuerst gekannt und bewillkommet sein. Während der ältere Teil der Gesellschaft sich mit der Mutter beschäftigte, heftete sich die Aufmerksamkeit des jüngeren Teils auf den fremden Jüngling, der mit gesenktem Blick dastand, und nicht das Herz hatte, die unbekannten Gesichter wieder zu betrachten. Sein Großvater machte ihn mit der Gesellschaft bekannt, und erkundigte sich nach seinem Vater und den Vorfällen ihrer Reise.

Die Mutter gedachte der Kaufleute, die unten aus Gefälligkeit bei den Pferden geblieben waren. Sie sagte es ihrem Vater, welcher sogleich hinunterschickte, und sie einladen ließ heraufzukommen. Die Pferde wurden in die Ställe gebracht, und die Kaufleute erschienen.

Schwaning dankte ihnen herzlich für die freundschaftliche Geleitung seiner Tochter. Sie waren mit vielen Anwesenden bekannt, und begrüßten sich freundlich mit ihnen. Die Mutter wünschte sich reinlich ankleiden zu dürfen. Schwaning nahm sie auf sein Zimmer, und Heinrich folgte ihnen in gleicher Absicht.

Unter der Gesellschaft war Heinrichen ein Mann aufgefallen, den er in jenem Buche oft an seiner Seite gesehn zu haben glaubte. Sein edles Ansehn zeichnete ihn vor allen aus. Ein heitrer Ernst war der Geist seines Gesichts; eine offene schön gewölbte Stirn, große, schwarze, durchdringende und feste Augen, ein schalkhafter Zug um den fröhlichen Mund und durchaus klare, männliche Verhältnisse machten es bedeutend und anziehend. Er war stark gebaut, seine Bewegungen waren ruhig und ausdrucksvoll, und wo er stand, schien er ewig stehen zu wollen. Heinrich fragte seinen Großvater nach ihm. „Es ist mir lieb“, sagte der Alte, „daß du ihn gleich bemerkt hast. Es ist mein trefflicher Freund Klingsohr, der Dichter. Auf seine Bekanntschaft und Freundschaft kannst du stolzer sein, als auf die des Kaisers. Aber wie stehts mit deinem Herzen? Er hat eine schöne Tochter; vielleicht daß sie den Vater bei dir aussticht. Es sollte mich wundern, wenn du sie nicht gesehn hättest.“ Heinrich errötete. „Ich war zerstreut, lieber Großvater. Die Gesellschaft war zahlreich, und ich betrachtete nur Euren Freund.“ „Man merkt es, daß du aus Norden kömmst“, erwiderte Schwaning. „Wir wollen dich hier schon auftauen. Du sollst schon lernen nach hübschen Augen sehn.“

Sie waren nun fertig und begaben sich zurück in den Saal, wo indes die Zurüstungen zum Abendessen gemacht worden waren. Der alte Schwaning führte Heinrichen auf Klingsohr zu, und erzählte ihm, daß Heinrich ihn gleich bemerkt und den lebhaftesten Wunsch habe mit ihm bekannt zu sein.

Heinrich war beschämt. Klingsohr redete freundlich zu ihm von seinem Vaterlande und seiner Reise. Es lag soviel Zutrauliches in seiner Stimme, daß Heinrich bald ein Herz faßte und sich freimütig mit ihm unterhielt. Nach einiger Zeit kam Schwaning wieder zu ihnen und brachte die schöne Mathilde. „Nehmt Euch meines schüchternen Enkels freundlich an, und verzeiht es ihm, daß er eher Euren Vater als Euch gesehn hat. Eure glänzenden Augen werden schon die schlummernde Jugend in ihm wecken. In seinem Vaterland kommt der Frühling spät."

Heinrich und Mathilde wurden rot. Sie sahen sich einander mit Verwunderung an. Sie fragte ihn mit kaum hörbaren leisen Worten: ob er gern tanzte. Eben als er die Frage bejahte, fing eine fröhliche Tanzmusik an. Er bot ihr schweigend seine Hand; sie gab ihm die ihrige, und sie mischten sich in die Reihe der walzenden Paare. Schwaning und Klingsohr sahen zu. Die Mutter und die Kaufleute freuten sich über Heinrichs Behendigkeit und seine liebliche Tänzerin. Die Mutter hatte genug mit ihren Jugendfreundinnen zu sprechen, die ihr zu einem so wohlgebildeten und so hoffnungsvollen Sohn Glück wünschten. Klingsohr sagte zu Schwaning: „Euer Enkel hat ein anziehendes Gesicht. Es zeigt ein klares und umfassendes Gemüt, und seine Stimme kommt tief ans dem Herzen." „Ich hoffe", erwiderte Schwaning, „daß er Euer gelehriger Schüler sein wird. Mich däucht, er ist zum Dichter geboren. Euer Geist komme über ihn. Er sieht seinem Vater ähnlich; nur scheint er weniger heftig und eigensinnig. Jener war in seiner Jugend voll glücklicher Anlagen. Eine gewisse Freisinnigkeit fehlte ihm. Es hätte mehr aus ihm werden können als ein fleißiger und fertiger Künstler." – Heinrich wünschte den Tanz nie zu endigen. Mit innigem Wohlbehagen ruhte sein Auge auf den Rosen seiner Tänzerin. Ihr unschuldiges Auge vermied ihn nicht. Sie schien der Geist ihres Vaters in der lieblichsten Verkleidung. Aus ihren großen ruhigen Augen sprach ewige Jugend. Auf einem lichthimmelblauen Grunde lag der milde Glanz der braunen Sterne. Stirn und Nase senkten sich zierlich um sie her. Eine nach der aufgehenden Sonne geneigte Lilie war ihr Gesicht, und von dem schlanken, weißen Halse schlängelten sich blaue Adern in reizenden Windungen um die zarten Wangen. Ihre Stimme war wie ein fernes Echo, und das braune lockige Köpfchen schien über der leichten Gestalt nur zu schweben.

Die Schüsseln kamen herein, und der Tanz war aus. Die ältern Leute setzten sich auf die eine Seite, und die jüngeren nahmen die andere ein.

Heinrich blieb bei Mathilden. Eine junge Verwandte setzte sich zu seiner Linken, und Klingsohr saß ihm gerade gegenüber. So wenig Mathilde sprach, so gesprächig war Veronika, seine andere Nachbarin. Sie tat gleich mit ihm vertraut und machte ihn in kurzem mit allen Anwesenden bekannt. Heinrich verhörte manches. Er war noch bei seiner Tänzerin, und hätte sich gern öfters rechts gewandt. Klingsohr machte ihrem Plaudern ein Ende. Er fragte ihn nach dem Bande mit sonderbaren Figuren, was Heinrich an seinem Leibrocke befestigt hatte. Heinrich erzählte von der Morgenländerin mit vieler Rührung. Mathilde weinte, und Heinrich konnte nun seine Tränen kaum verbergen. Er geriet darüber mit ihr ins Gespräch. Alle unterhielten sich; Veronika lachte und scherzte mit ihren Bekannten. Mathilde erzählte ihm von Ungarn, wo ihr Vater sich oft aufhielt, und von dem Leben in Augsburg. Alle waren vergnügt. Die Musik verscheuchte die Zurückhaltung und reizte alle Neigungen zu einem muntern Spiel. Blumenkörbe dufteten in voller Pracht auf dem Tische, und der Wein schlich zwischen den Schüsseln und Blumen umher, schüttelte seine goldnen Flügel und stellte bunte Tapeten zwischen die Welt und die Gäste. Heinrich begriff erst jetzt, was ein Fest sei. Tausend frohe Geister schienen ihm um den Tisch zu gaukeln, und in stiller Sympathie mit den fröhlichen Menschen von ihren Freuden zu leben und mit ihren Genüssen sich zu berauschen. Der Lebensgenuß stand wie ein klingender Baum voll goldener Früchte vor ihm. Das Übel ließ sich nicht sehen, und es dünkte ihm unmöglich, daß je die menschliche Neigung von diesem Baume zu der gefährlichen Frucht des Erkenntnisses, zu dem Baume des Krieges sich gewendet haben sollte. Er verstand nun den Wein und die Speisen. Sie schmeckten ihm überaus köstlich. Ein himmlisches Öl würzte sie ihm, und aus dem Becher funkelte die Herrlichkeit des irdischen Lebens. Einige Mädchen brachten dem alten Schwaning einen frischen Kranz. Er setzte ihn auf, küßte sie, und sagte: „Auch unserm Freund Klingsohr müßt ihr einen bringen, wir wollen beide zum Dank euch ein paar neue Lieder lehren. Das meinige sollt ihr gleich haben.“ Er gab der Musik ein Zeichen, und sang mit lauter Stimme:

Sind wir nicht geplagte Wesen?
Ist nicht unser Los betrübt?
Nur zu Zwang und Not erlesen
In Verstellung nur geübt,
Dürfen selbst nicht unsre Klagen
Sich aus unserm Busen wagen.

Allem was die Eltern sprechen,
Widerspricht das volle Herz.
Die verbotne Frucht zu brechen
Fühlen wir der Sehnsucht Schmerz;
Möchten gern die süßen Knaben
Fest an unserm Herzen haben.

Wäre dies zu denken Sünde?
Zollfrei sind Gedanken doch.
Was bleibt einem armen Kinde
Außer süßen Träumen noch?
Will man sie auch gern verbannen,
Nimmer ziehen sie von dannen.

Wenn wir auch des Abends beten,
Schreckt uns doch die Einsamkeit,
Und zu unsern Küssen treten
Sehnsucht und Gefälligkeit.
Könnten wir wohl widerstreben
Alles, alles hinzugeben?

Unsre Reize zu verhüllen,
Schreibt die strenge Mutter vor.
Ach! was hilft der gute Willen,
Quellen sie nicht selbst empor?
Bei der Sehnsucht innrem Beben
Muß das beste Band sich geben.

Jede Neigung zu verschließen,
Hart und kalt zu sein, wie Stein,
Schöne Augen nicht zu grüßen,
Fleißig und allein zu sein,

Keiner Bitte nachzugeben:
Heißt das wohl ein Jugendleben?

Groß sind eines Mädchens Plagen,
Ihre Brust ist krank und wund,
Und zum Lohn für stille Klagen
Küßt sie noch ein welker Mund.
Wird denn nie das Blatt sich wenden
Und das Reich der Alten enden?

Die alten Leute und die Jünglinge lachten. Die Mädchen erröteten und lächelten abwärts. Unter tausend Neckereien wurde ein zweiter Kranz geholt, und Klingsohren aufgesetzt. Sie baten aber inständigst um keinen so leichtfertigen Gesang. „Nein", sagte Klingsohr, „ich werde mich wohl hüten, so frevelhaft von euren Geheimnissen zu reden. Sagt selbst, was ihr für ein Lied haben wollt." – „Nur nichts von Liebe", riefen die Mädchen, „ein Weinlied, wenn es Euch ansteht." Klingsohr sang:

Auf grünen Bergen wird geboren,
Der Gott, der uns den Himmel bringt.
Die Sonne hat ihn sich erkoren,
Daß sie mit Flammen ihn durchdringt.

Er wird im Lenz mit Lust empfangen,
Der zarte Schoß quillt still empor,
Und wenn des Herbstes Früchte prangen,
Springt auch das goldne Kind hervor.

Sie legen ihn in enge Wiegen
Ins unterirdische Geschoß.
Er träumt von Festen und von Siegen
Und baut sich manches luft'ge Schloß.

Es nahe keiner seiner Kammer,
Wenn er sich ungeduldig drängt,
Und jedes Band und jede Klammer
Mit jugendlichen Kräften sprengt.

Denn unsichtbare Wächter stellen,
So lang er träumt, sich um ihn her;

Und wer betritt die heiligen Schwellen,
Den trifft ihr luftumwundner Speer.

So wie die Schwingen sich entfalten,
Läßt er die lichten Augen sehn,
Läßt ruhig seine Priester schalten
Und kommt heraus, wenn sie ihm flehn.

Aus seiner Wiege dunkelm Schoße
Erscheint er in Kristallgewand;
Verschwiegner Eintracht volle Rose
Trägt er bedeutend in der Hand.

Und überall um ihn versammeln
Sich seine Jünger hocherfreut,
Und tausend frohe Zungen stammeln
Ihm ihre Lieb' und Dankbarkeit.

Er spritzt in ungezählten Strahlen
Sein innres Leben in die Welt,
Die Liebe nippt aus seinen Schalen
Und bleibt ihm ewig zugesellt.

Er nahm als Geist der goldnen Zeiten
Von jeher sich des Dichters an,
Der immer seine Lieblichkeiten
Im trunknen Liedern aufgetan.

Er gab ihm, seine Treu zu ehren,
Ein Recht auf jeden hübschen Mund,
Und daß es keine darf ihm wehren,
Macht Gott durch ihn es allen kund.

„Ein schöner Prophet!“ riefen die Mädchen. Schwaning freute sich herzlich. Sie machten noch einige Einwendungen, aber es half nichts. Sie mußten ihm die süßen Lippen hinreichen. Heinrich schämte sich nur vor seiner ernsten Nachbarin, sonst hätte er sich laut über das Vorrecht der Dichter gefreut. Veronika war unter den Kranzträgerinnen. Sie kam fröhlich zurück und sagte zu Heinrich: „Nicht wahr, es ist hübsch, wenn man ein Dichter ist?“ Heinrich getraute sich nicht, diese Frage zu benutzen. Der Übermut der Freude und der Ernst der ersten Liebe kämpften in seinem Gemüt. Die reizende Veronika scherzte mit den andern, und so gewann er Zeit, den ersten etwas zu dämpfen. Mathilde erzählte ihm, daß sie die Gitarre spiele. „Ach!“ sagte Heinrich, „von Euch möchte ich sie lernen. Ich habe mich lange darnach gesehnt.“ – „Mein Vater hat mich unterrichtet. Er spielt sie unvergleichlich“, sagte sie errötend. – „Ich glaube doch“, erwiderte Heinrich, „daß ich sie schneller bei Euch lerne. Wie freue ich mich Euren Gesang zu hören.“ – „Stellt Euch nur nicht zu viel vor.“ – „O!“ sagte Heinrich, „was sollte ich nicht erwarten können, da Eure bloße Rede schon Gesang ist, und Eure Gestalt eine himmlische Musik verkündigt.“

Mathilde schwieg. Ihr Vater fing ein Gespräch mit ihm an, in welchem Heinrich mit der lebhaftesten Begeisterung sprach. Die Nächsten wunderten sich über des Jünglings Beredsamkeit, über die Fülle seiner bildlichen Gedanken. Mathilde sah ihn mit stiller Aufmerksamkeit an. Sie schien sich über seine Reden zu freuen, die sein Gesicht mit den sprechendsten Mienen noch mehr erklärte. Seine Augen glänzten ungewöhnlich. Er sah sich zuweilen nach Mathilden um, die über den Ausdruck seines Gesichts erstaunte. Im Feuer des Gesprächs ergriff er unvermerkt ihre Hand, und sie konnte nicht umhin, manches was er sagte, mit einem leisen Druck zu bestätigen. Klingsohr wußte seinen Enthusiasmus zu unterhalten, und lockte allmählich seine ganze Seele auf die Lippen. Endlich stand alles auf. Alles schwärmte durcheinander. Heinrich war an Mathildens Seite geblieben. Sie standen unbemerkt abwärts. Er hielt ihre Hand und küßte sie zärtlich. Sie ließ sie ihm, und blickte ihn mit unbeschreiblicher Freundlichkeit an. Er konnte sich nicht halten, neigte sich zu ihr und küßte ihre Lippen. Sie war überrascht, und erwiderte unwillkürlich seinen heißen Kuß. „Gute Mathilde!“ – „Lieber Heinrich!“ das war alles, was sie einander sagen konnten. Sie drückte seine Hand, und ging unter die andern. Heinrich stand, wie im Himmel. Seine Mutter kam auf ihn zu. Er ließ seine ganze Zärtlichkeit an ihr aus. Sie sagte: „Ist es nicht gut, daß wir nach Augsburg gereist sind? Nicht wahr, es gefällt dir?“ „Liebe Mutter“, sagte Heinrich, „so habe ich mir es doch nicht vorgestellt. Es ist ganz herrlich.“

Der Rest des Abends verging in unendlicher Fröhlichkeit. Die Alten spielten, plauderten, und sahen den Tänzen zu. Die Musik wogte wie ein Lustmeer im Saale, und hob die berauschte Jugend.

Heinrich fühlte die entzückenden Weissagungen der ersten Lust und Liebe zugleich. Auch Mathilde ließ sich willig von den schmeichelnden Wellen tragen, und verbarg ihr zärtliches Zutrauen, ihre aufkeimende Neigung zu ihm nur hinter einem leichten Flor. Der alte Schwaning bemerkte das kommende Verständnis, und neckte beide.

Klingsohr hatte Heinrichen lieb gewonnen, und freute sich seiner Zärtlichkeit. Die andern Jünglinge und Mädchen hatten es bald bemerkt. Sie zogen die ernste Mathilde mit dem jungen Thüringer auf, und verhehlten nicht, daß es ihnen lieb sei, Mathildens Aufmerksamkeit nicht mehr bei ihren Herzensgeschäften scheuen zu dürfen.

Es war tief in der Nacht, als die Gesellschaft auseinanderging. „Das erste und einzige Fest meines Lebens“, sagte Heinrich zu sich selbst, als er allein war, und seine Mutter sich ermüdet zur Ruhe gelegt hatte. „Ist mir nicht zumute wie in jenem Traume, beim Anblick der blauen Blume? Welcher sonderbare Zusammenhang ist zwischen Mathilden und dieser Blume? Jenes Gesicht, das aus dem Kelche sich mir entgegenneigte, es war Mathildens himmlisches Gesicht, und nun erinnere ich mich auch, es in jenem Buche gesehn zu haben. Aber warum hat es dort mein Herz nicht so bewegt? O! sie ist der sichtbare Geist des Gesanges, eine würdige Tochter ihres Vaters. Sie wird mich in Musik auf lösen. Sie wird meine innerste Seele, die Hüterin meines heiligen Feuers sein. Welche Ewigkeit von Treue fühle ich in mir! Ich ward nur geboren, um sie zu verehren, um ihr ewig zu dienen, um sie zu denken und zu empfinden. Gehört nicht ein eigenes ungeteiltes Dasein zu ihrer Anschauung und Anbetung? und bin ich der Glückliche, dessen Wesen das Echo, der Spiegel des ihrigen sein darf? Es war kein Zufall, daß ich sie am Ende meiner Reise sah, daß ein seliges Fest den höchsten Augenblick meines Lebens umgab. Es konnte nicht anders sein; macht ihre Gegenwart nicht alles festlich?“

Er trat ans Fenster. Der Chor der Gestirne stand am dunkeln Himmel, und im Morgen kündigte ein weißer Schein den kommenden Tag an.

Mit vollem Entzücken rief Heinrich aus: „Euch, ihr ewigen Gestirne, ihr stillen Wandrer, euch rufe ich zu Zeugen meines heiligen Schwurs an. Für Mathilden will ich leben, und ewige Treue soll mein Herz an das ihrige knüpfen. Auch mir bricht der Morgen eines ewigen Tages an. Die Nacht ist vorüber. Ich zünde der aufgehenden Sonne mich selbst zum nieverglühenden Opfer an.“

Heinrich war erhitzt, und nur spät gegen Morgen schlief er ein. In wunderliche Träume flossen die Gedanken seiner Seele zusammen. Ein tiefer blauer Strom schimmerte aus der grünen Ebene heraus. Auf der glatten Fläche schwamm ein Kahn. Mathilde saß und ruderte. Sie war mit Kränzen geschmückt, sang ein einfaches Lied, und sah nach ihm mit süßer Wehmut herüber. Seine Brust war beklommen. Er wußte nicht warum. Der Himmel war heiter, die Flut ruhig. Ihr himmlisches Gesicht spiegelte sich in den Wellen. Auf einmal fing der Kahn an sich umzudrehen. Er rief ihr ängstlich zu. Sie lächelte und legte das Ruder in den Kahn, der sich immerwährend drehte. Eine ungeheure Bangigkeit ergriff ihn. Er stürzte sich in den Strom; aber er konnte nicht fort, das Wasser trug ihn. Sie winkte, sie schien ihm etwas sagen zu wollen, der Kahn schöpfte schon Wasser; doch lächelte sie mit einer unsäglichen Innigkeit, und sah heiter in den Wirbel hinein. Auf einmal zog es sie hinunter. Eine leise Luft strich über den Strom, der ebenso ruhig und glänzend floß, wie vorher. Die entsetzliche Angst raubte ihm das Bewußtsein. Das Herz schlug nicht mehr. Er kam erst zu sich, als er sich auf trockenem Boden fühlte. Er mochte weit geschwommen sein. Es war eine fremde Gegend. Er wußte nicht wie ihm geschehen war. Sein Gemüt war verschwunden. Gedankenlos ging er tiefer ins Land. Entsetzlich matt fühlte er sich. Eine kleine Quelle kam aus einem Hügel, sie tönte wie lauter Glocken. Mit der Hand schöpfte er einige Tropfen und netzte seine dürren Lippen. Wie ein banger Traum lag die schreckliche Begebenheit hinter ihm. Immer weiter und weiter ging er, Blumen und Bäume redeten ihn an. Ihm wurde so wohl und heimatlich zu Sinne. Da hörte er jenes einfache Lied wieder. Er lief den Tönen nach. Auf einmal hielt ihn jemand am Gewande zurück. „Lieber Heinrich“, rief eine bekannte Stimme. Er sah sich um, und Mathilde schloß ihn in ihre Arme. „Warum liefst du vor mir, liebes Herz?“ sagte sie tiefatmend. „Kaum konnte ich dich einholen.“ Heinrich weinte. Er drückte sie an sich. „Wo ist der Strom?“ rief er mit Tränen. „Siehst du nicht seinen blauen Wellen über uns?“ Er sah hinauf, und der blaue Strom floß leise über ihrem Haupte. „Wo sind wir, liebe Mathilde?“ „Bei unsern Eltern.“ „Bleiben wir zusammen?“ „Ewig“, versetzte sie, indem sie ihre Lippen an die seinigen drückte, und ihn so umschloß, daß sie nicht wieder von ihm konnte. Sie sagte ihm ein wunderbares geheimes Wort in den Mund, was sein ganzes Wesen durchklang. Er wollte es wiederholen, als sein Großvater rief, und er aufwachte. Er hätte sein Leben darum geben mögen, das Wort noch zu wissen.

Siebentes Kapitel

Klingsohr stand vor seinem Bette, und bot ihm freundlich guten Morgen. Er ward munter und fiel Klingsohr um den Hals. „Das gilt Euch nicht“, sagte

Schwaning. Heinrich lächelte und verbarg sein Erröten an den Wangen seiner Mutter.

„Habt Ihr Lust, mit mir vor der Stadt auf einer schönen Anhöhe zu frühstücken?“ sagte Klingsohr. „Der herrliche Morgen wird Euch erfrischen. Kleidet Euch an. Mathilde wartet schon auf uns.“

Heinrich dankte mit tausend Freuden für diese willkommene Einladung. In einem Augenblick war er fertig, und küßte Klingsohr mit vieler Inbrunst die Hand.

Sie gingen zu Mathilden, die in ihrem einfachen Morgenkleide wunderlieblich aussah und ihn freundlich grüßte. Sie hatte schon das Frühstück in ein Körbchen gepackt, das sie an den einen Arm hing, und die andere Hand unbefangen Heinrichen reichte. Klingsohr folgte ihnen, und so wandelten sie durch die Stadt, die schon voller Lebendigkeit war, nach einem kleinen Hügel am Flusse, wo sich unter einigen hohen Bäumen eine weite und volle Aussicht öffnete.

„Habe ich doch schon oft“, rief Heinrich aus, „mich an dem Aufgang der bunten Natur, an der friedlichen Nachbarschaft ihres mannigfaltigen Eigentums ergötzt; aber eine so schöpferische und gediegene Heiterkeit hat mich noch nie erfüllt wie heute. Jene Fernen sind mir so nah, und die reiche Landschaft ist mir wie eine innere Phantasie. Wie veränderlich ist die Natur, so unwandelbar auch ihre Oberfläche zu sein scheint. Wie anders ist sie, wenn ein Engel, wenn ein kräftiger Geist neben uns ist, als wenn ein Notleidender vor uns klagt, oder ein Bauer uns erzählt, wie ungünstig die Witterung ihm sei, und wie nötig er düstre Regentage für seine Saat brauche. Euch, teuerster Meister, bin ich dieses Vergnügen schuldig; ja dieses Vergnügen, denn es gibt kein anderes Wort, was wahrhafter den Zustand meines Herzens ausdrückte. Freude Lust und Entzücken sind nur die Glieder des Vergnügens, das sie zu einem höhern Leben verknüpft.“ Er drückte Mathildens Hand an sein Herz, und versank mit einem feurigen Blick in ihr mildes, empfängliches Auge.

„Die Natur“, versetzte Klingsohr, „ist für unser Gemüt, was ein Körper für das Licht ist. Er hält es zurück; er bricht es in eigentümliche Farben; er zündet auf seiner Oberfläche oder in seinem Innern ein Licht an, das, wenn es seiner Dunkelheit gleich kommt, ihn klar und durchsichtig macht, wenn es sie überwiegt, von ihm ausgeht, um andere Körper zu erleuchten. Aber selbst der dunkelste Körper kann durch Wasser, Feuer und Luft dahin gebracht werden, daß er hell und glänzend wird.“

„Ich verstehe Euch, lieber Meister. Die Menschen sind Kristalle für unser Gemüt. Sie sind die durchsichtige Natur. Liebe Mathilde, ich möchte Euch einen köstlichen lautern Sapphir nennen. Ihr seid klar und durchsichtig wie der Himmel, Ihr erleuchtet mit dem mildesten Lichte. Aber sagt mir, lieber Meister, ob ich recht habe: mich dünkt, daß man gerade wenn man am innigsten mit der Natur vertraut ist am wenigsten von ihr sagen könnte und möchte."

„Wie man das nimmt", versetzte Klingsohr; „ein anderes ist es mit der Natur für unsern Genuß und unser Gemüt, ein anderes mit der Natur für unsern Verstand, für das leitende Vermögen unserer Weltkräfte. Man muß sich wohl hüten, nicht eins über das andere zu vergessen. Es gibt viele, die nur die eine Seite kennen und die andere gering schätzen. Aber beide kann man vereinigen, und man wird sich wohl dabei befinden. Schade, daß so wenige darauf denken, sich in ihrem Innern frei und geschickt bewegen zu können, und durch eine gehörige Trennung sich den zweckmäßigsten und natürlichsten Gebrauch ihrer Gemütskräfte zu sichern. Gewöhnlich hindert eine die andere, und so entsteht allmählich eine unbehülfliche Trägheit, daß wenn nun solche Menschen einmal mit gesamten Kräften aufstehen wollen, eine gewaltige Verwirrung und Streit beginnt, und alles übereinander ungeschickt herstolpert. Ich kann Euch nicht genug anrühmen, Euren Verstand, Euren natürlichen Trieb zu wissen, wie alles sich begibt und untereinander nach Gesetzen der Folge zusammenhängt, mit Fleiß und Mühe zu unterstützen. Nichts ist dem Dichter unentbehrlicher, als Einsicht in die Natur jedes Geschäfts, Bekanntschaft mit den Mitteln jeden Zweck zu erreichen, und Gegenwart des Geistes, nach Zeit und Umständen, die schicklichsten zu wählen. Begeisterung ohne Verstand ist unnütz und gefährlich, und der Dichter wird wenig Wunder tun können, wenn er selbst über Wunder erstaunt."

„Ist aber dem Dichter nicht ein inniger Glaube an die menschliche Regierung des Schicksals unentbehrlich?"

„Unentbehrlich allerdings, weil er sich das Schicksal nicht anders vorstellen kann, wenn er reiflich darüber nachdenkt; aber wie entfernt ist diese heitere Gewißheit, von jener ängstlichen Ungewißheit, von jener blinden Furcht des Aberglaubens. Und so ist auch die kühle, belebende Wärme eines dichterischen Gemüts gerade das Widerspiel von jener wilden Hitze eines kränklichen Herzens. Diese ist arm, betäubend und vorübergehend; jene sondert alle Gestalten rein ab, begünstigt die Ausbildung der mannigfaltigsten Verhältnisse, und ist ewig durch sich selbst. Der junge Dichter kann nicht kühl, nicht besonnen genug sein. Zur wahren, melodischen Gesprächigkeit gehört ein weiter, aufmerksamer und ruhiger Sinn. Es wird ein verworrenes Geschwätz, wenn ein reißender Strom in der Brust tobt, und die Aufmerksamkeit in eine zitternde Gedankenlosigkeit auflöst. Nochmals wiederhole ich, das echte Gemüt ist wie das Licht, ebenso ruhig und empfindlich, ebenso elastisch und durchdringlich, ebenso mächtig und ebenso unmerklich wirksam als dieses köstliche Element, das auf alle Gegenstände sich mit feiner Abgemessenheit verteilt, und sie alle in reizender Mannigfaltigkeit erscheinen läßt. Der Dichter ist reiner Stahl, ebenso empfindlich, wie ein zerbrechlicher Glasfaden, und ebenso hart, wie ein ungeschmeidiger Kiesel."

„Ich habe das schon zuweilen gefühlt", sagte Heinrich, „daß ich in den innigsten Minuten weniger lebendig war, als zu andern Zeiten, wo ich frei umhergehn und alle Beschäftigungen mit Lust treiben konnte. Ein geistiges scharfes Wesen durchdrang mich dann, und ich durfte jeden Sinn nach Gefallen brauchen, jeden Gedanken, wie einen wirklichen Körper, umwenden und von allen Seiten betrachten. Ich stand mit stillem Anteil an der Werkstatt meines Vaters, und freute mich, wenn ich ihm helfen und etwas geschickt zustande bringen konnte. Geschicklichkeit hat einen ganz besondern stärkenden Reiz, und es ist wahr, ihr Bewußtsein verschafft einen dauerhafteren und deutlicheren Genuß, als jenes überfließende Gefühl einer unbegreiflichen, überschwenglichen Herrlichkeit."

„Glaubt nicht", sagte Klingsohr, „daß ich das letztere tadle; aber es muß von selbst kommen, und nicht gesucht werden. Seine sparsame Erscheinung ist wohltätig; öfterer wird sie ermüdend und schwächend. Man kann nicht schnell genug sich aus der süßen Betäubung reißen, die es hinterläßt, und zu einer regelmäßigen und mühsamen Beschäftigung zurückkehren. Es ist wie mit den anmutigen Morgenträumen, aus deren einschläferndem Wirbel man nur mit Gewalt sich herausziehen kann, wenn man nicht in immer drückendere Müdigkeit geraten, und so in krankhafter Erschöpfung nachher den ganzen Tag hinschleppen will."

„Die Poesie will vorzüglich", fuhr Klingsohr fort, „als strenge Kunst getrieben werden. Als bloßer Genuß hört sie auf Poesie zu sein. Ein Dichter muß nicht den ganzen Tag müßig umherlaufen, und auf Bilder und Gefühle Jagd machen. Das ist ganz der verkehrte Weg. Ein reines offenes Gemüt, Gewandtheit im Nachdenken und Betrachten, und Geschicklichkeit alle seine Fähigkeiten in eine gegenseitig belebende Tätigkeit zu versetzen und darin zu erhalten, das sind die

Erfordernisse unserer Kunst. Wenn Ihr Euch mir überlassen wollt, so soll kein Tag Euch vergehn, wo Ihr nicht Eure Kenntnisse bereichert, und einige nützliche Einsichten erlangt habt. Die Stadt ist reich an Künstlern aller Art. Es gibt einige erfahrne Staatsmänner, einige gebildete Kaufleute hier. Man kann ohne große Umstände mit allen Ständen, mit allen Gewerben, mit allen Verhältnissen und Erfordernissen der menschlichen Gesellschaft sich bekannt machen. Ich will Euch mit Freuden in dem Handwerksmäßigen unserer Kunst unterrichten, und die merkwürdigsten Schriften mit Euch lesen. Ihr könnt Mathildens Lehrstunden teilen, und sie wird Euch gern die Gitarre spielen lehren. Jede Beschäftigung wird die übrigen vorbereiten, und wenn Ihr so Euren Tag gut angelegt habt, so werden Euch das Gespräch und die Freuden des gesellschaftlichen Abends, und die Ansichten der schönen Landschaft umher mit den heitersten Genüssen immer wieder überraschen."

„Welches herrliche Leben schließt Ihr mir auf, liebster Meister. Unter Eurer Leitung werde ich erst merken, welches edle Ziel vor mir steht, und wie ich es nur durch Euren Rat zu erreichen hoffen darf."

Klingsohr umarmte ihn zärtlich. Mathilde brachte ihnen das Frühstück, und Heinrich fragte sie mit zärtlicher Stimme, ob sie ihn gern zum Begleiter ihres Unterrichts und zum Schüler annehmen wollte. „Ich werde wohl ewig Euer Schüler bleiben", sagte er, indem sich Klingsohr nach einer anderen Seite wandte. Sie neigte sich unmerklich zu ihm hin. Er umschlang sie und küßte den weichen Mund des errötenden Mädchens. Nur sanft bog sie sich von ihm weg, doch reichte sie ihm mit der kindlichsten Anmut eine Rose, die sie am Busen trug. Sie machte sich mit ihrem Körbchen zu tun. Heinrich sah ihr mit stillem Entzücken nach, küßte die Rose, heftete sie an seine Brust, und ging an Klingsohrs Seite, der nach der Stadt hinübersah.

„Wo seid Ihr hergekommen?" fragte Klingsohr. „Über jenen Hügel herunter", erwiderte Heinrich. „In jene Ferne verliert sich unser Weg." – „Ihr müßt schöne Gegenden gesehn haben." „Fast ununterbrochen sind wir durch reizende Landschaften gereiset." – „Auch Eure Vaterstadt hat wohl eine anmutige Lage?" – „Die Gegend ist abwechselnd genug; doch ist sie noch wild, und ein großer Fluß fehlt ihr. Die Ströme sind die Augen einer Landschaft." – „Die Erzählung Eurer Reise", sagte Klingsohr, „hat mir gestern abend eine angenehme Unterhaltung gewährt. Ich habe wohl gemerkt, daß der Geist der Dichtkunst Euer freundlicher Begleiter ist. Eure Gefährten sind unbemerkt seine Stimmen geworden. In der Nähe des Dichters bricht die Poesie überall aus. Das Land der

Poesie, das romantische Morgenland, hat Euch mit seiner süßen Wehmut begrüßt; der Krieg hat Euch in seiner wilden Herrlichkeit angeredet, und die Natur und Geschichte sind Euch unter der Gestalt eines Bergmanns und eines Einsiedlers begegnet."

„Ihr vergeßt das Beste, lieber Meister, die himmlische Erscheinung der Liebe. Es hängt nur von Euch ab, diese Erscheinung mir auf ewig festzuhalten." – „Was meinst du", rief Klingsohr, indem er sich zu Mathilden wandte, die eben auf ihn zukam. „Hast du Lust, Heinrichs unzertrennliche Gefährtin zu sein? Wo du bleibst, bleibe ich auch." Mathilde erschrak, sie flog in die Arme ihres Vaters. Heinrich zitterte in unendlicher Freude. „Wird er mich denn ewig geleiten wollen, lieber Vater?" „Frage ihn selbst", sagte Klingsohr gerührt. Sie sah Heinrichen mit der innigsten Zärtlichkeit an. „Meine Ewigkeit ist ja dein Werk", rief Heinrich, indem ihm die Tränen über die blühenden Wangen stürzten. Sie umschlangen sich zugleich. Klingsohr faßte sie in seine Arme. „Meine Kinder", rief er, „seid einander treu bis in den Tod! Liebe und Treue werden euer Leben zur ewigen Poesie machen."

Achtes Kapitel

Nachmittags führte Klingsohr seinen neuen Sohn, an dessen Glück seine Mutter und Großvater den zärtlichsten Anteil nahmen, und Mathilden wie seinen Schutzgeist verehrten, in seine Stube, und machte ihn mit den Büchern bekannt. Sie sprachen nachher von Poesie.

„Ich weiß nicht", sagte Klingsohr, „warum man es für Poesie nach gemeiner Weise hält, wenn man die Natur für einen Poeten ausgibt. Sie ist es nicht zu allen Zeiten. Es ist in ihr, wie in dem Menschen, ein entgegengesetztes Wesen, die dumpfe Begierde und die stumpfe Gefühllosigkeit und Trägheit, die einen rastlosen Streit mit der Poesie führen. Er wäre ein schöner Stoff zu einem Gedicht, dieser gewaltige Kampf. Manche Länder und Zeiten scheinen, wie die meisten Menschen, ganz unter der Botmäßigkeit dieser Feindin der Poesie zu stehen, dagegen in andern die Poesie einheimisch und überall sichtbar ist. Für den Geschichtschreiber sind die Zeiten dieses Kampfes äußerst merkwürdig, ihre Darstellung ein reizendes und belohnendes Geschäft. Es sind gewöhnlich die Geburtszeiten der Dichter. Der Widersacherin ist nichts unangenehmer, als daß sie der Poesie gegenüber selbst zu einer poetischen Person wird, und nicht selten in der Hitze die Waffen mit ihr tauscht, und von ihrem eigenen heimtückischen Geschosse heftig getroffen wird, dahingegen die Wunden der Poesie, die sie von ihren eigenen Waffen erhält, leicht heilen und sie nur noch reizender und gewaltiger machen."

„Der Krieg überhaupt", sagte Heinrich, „scheint mir eine poetische Wirkung. Die Leute glauben sich für irgendeinen armseligen Besitz schlagen zu müssen, und merken nicht, daß sie der romantische Geist aufregt, um die unnützen Schlechtigkeiten durch sich selbst zu vernichten. Sie führen die Waffen für die Sache der Poesie, und beide Heere folgen einer unsichtbaren Fahne."

„Im Kriege", versetzte Klingsohr, „regt sich das Urgewässer. Neue Weltteile sollen entstehen, neue Geschlechter sollen aus der großen Auflösung anschießen. Der wahre Krieg ist der Religionskrieg; der geht geradezu auf Untergang, und der Wahnsinn der Menschen erscheint in seiner völligen Gestalt. Viele Kriege, besonders die vom Nationalhaß entspringen, gehören in die Klasse mit, und sie sind echte Dichtungen. Hier sind die wahren Helden zu Hause, die das edelste Gegenbild der Dichter, nichts anders, als unwillkürlich von Poesie durchdrungene Weltkräfte sind. Ein Dichter, der zugleich Held wäre, ist schon ein göttlicher Gesandter, aber seiner Darstellung ist unsere Poesie nicht gewachsen."

„Wie versteht Ihr das, lieber Vater?" sagte Heinrich. „Kann ein Gegenstand zu überschwenglich für die Poesie sein?"

„Allerdings. Nur kann man im Grunde nicht sagen, für die Poesie, sondern nur für unsere irdischen Mittel und Werkzeuge. Wenn es schon für einen einzelnen Dichter nur ein eigentümliches Gebiet gibt, innerhalb dessen er bleiben muß, um nicht alle Haltung und den Atem zu verlieren: so gibt es auch für die ganze Summe menschlicher Kräfte eine bestimmte Grenze der Darstellbarkeit, über welche hinaus die Darstellung die nötige Dichtigkeit und Gestaltung nicht behalten kann, und in ein leeres täuschendes Unding sich verliert. Besonders als Lehrling kann man nicht genug sich vor diesen Ausschweifungen hüten, da eine lebhafte Phantasie nur gar zu gern nach den Grenzen sich begibt, und übermütig das Unsinnliche, Übermäßige zu ergreifen und auszusprechen sucht. Reifere Erfahrung lehrt erst, jene Unverhältnismäßigkeit der Gegenstände zu vermeiden, und die Aufspürung des Einfachsten und Höchsten der Weltweisheit zu überlassen. Der ältere Dichter steigt nicht höher, als er es gerade nötig hat, um seinen mannigfaltigen Vorrat in eine leichtfaßliche Ordnung zu stellen, und hütet sich wohl, die Mannigfaltigkeit zu verlassen, die ihm Stoff genug und auch die nötigen Vergleichungspunkte darbietet. ich möchte fast sagen, das Chaos muß in jeder Dichtung durch den regelmäßigen Flor der Ordnung schimmern. Den Reichtum der Erfindung macht nur eine leichte Zusammenstellung faßlich und anmutig, dagegen auch das bloße Ebenmaß die unangenehme Dürre einer Zahlenfigur hat. Die beste Poesie liegt uns ganz nahe, und ein gewöhnlicher Gegenstand ist nicht selten ihr liebster Stoff. Für den Dichter ist die Poesie an beschränkte Werkzeuge gebunden, und eben dadurch wird sie zur Kunst. Die Sprache überhaupt hat ihren bestimmten Kreis. Noch enger ist der Umfang einer besonderen Volkssprache. Durch Übung und Nachdenken lernt der Dichter seine Sprache kennen. Er weiß, was er mit ihr leisten kann, genau, und wird keinen törichten Versuch machen, sie über ihre Kräfte anzuspannen. Nur selten wird er alle ihre Kräfte in *einen* Punkt zusammen drängen, denn sonst wird er ermüdend, und vernichtet selbst die kostbare Wirkung einer gutangebrachten Kraftäußerung. Auf seltsame Sprünge richtet sie nur ein Gaukler, kein Dichter ab. Überhaupt können die Dichter nicht genug von den Musikern und Malern lernen. In diesen Künsten wird es recht auffallend, wie nötig es ist, wirtschaftlich mit den Hülfsmitteln der Kunst umzugehn, und wie viel auf geschickte Verhältnisse ankommt. Dagegen könnten freilich jene Künstler auch von uns die poetische Unabhängigkeit und den innern Geist jeder Dichtung und Erfindung, jedes echten Kunstwerks überhaupt, dankbar annehmen. Sie sollen poetischer und wir musikalischer und malerischer sein – beides nach der Art und Weise unserer Kunst. Der Stoff ist nicht der Zweck der Kunst, aber die Ausführung ist es. Du wirst selbst sehen, welche Gesänge dir am besten geraten, gewiß die, deren Gegenstände dir am geläufigsten und gegenwärtigsten sind. Daher kann man sagen, daß die Poesie ganz auf Erfahrung beruht. Ich weiß selbst, daß mir in jungen Jahren ein Gegenstand nicht leicht zu entfernt und zu unbekannt sein konnte, den ich nicht am liebsten besungen hätte. Was wurde es? ein leeres, armseliges Wortgeräusch, ohne einen Funken wahrer Poesie. Daher ist auch ein Märchen eine sehr schwierige Aufgabe, und selten wird ein junger Dichter sie gut lösen."

„Ich möchte gern eins von *dir* hören", sagte Heinrich. „Die wenigen, die ich gehört habe, haben mich unbeschreiblich ergötzt, so unbedeutend sie auch sein mochten."

„Ich will heute abend deinen Wunsch befriedigen. Es ist mir *eins* erinnerlich, was ich noch in ziemlich jungen Jahren machte, wovon es auch noch deutliche Spuren an sich trägt, indes wird es dich vielleicht desto lehrreicher unterhalten, und dich an manches erinnern, was ich dir gesagt habe."

„Die Sprache“, sagte Heinrich, „ist wirklich eine kleine Welt in Zeichen und Tönen. Wie der Mensch sie beherrscht, so möchte er gern die große Welt beherrschen, und sich frei darin ausdrücken können. Und eben in dieser Freude, das, was außer der Welt ist, in ihr zu offenbaren, das tun zu können, was eigentlich der ursprüngliche Trieb unsers Daseins ist, liegt der Ursprung der Poesie.“

„Es ist recht übel“, sagte Klingsohr, „daß die Poesie einen besondern Namen hat, und die Dichter eine besondere Zunft ausmachen. Es ist gar nichts Besonderes. Es ist die eigentümliche Handlungsweise des menschlichen Geistes. Dichtet und trachtet nicht jeder Mensch in jeder Minute?“ – Eben trat Mathilde ins Zimmer, als Klingsohr noch sagte: „Man betrachte nur die Liebe. Nirgends wird wohl die Notwendigkeit der Poesie zum Bestand der Menschheit so klar, als in ihr. Die Liebe ist stumm, nur die Poesie kann für sie sprechen. Oder die Liebe ist selbst nichts, als die höchste Naturpoesie. Doch ich will dir nicht Dinge sagen, die du besser weißt als ich.“

„Du bist ja der Vater der Liebe“, sagte Heinrich, indem er Mathilden umschlang, und beide seine Hand küßten.

Klingsohr umarmte sie und ging hinaus. „Liebe Mathilde“, sagte Heinrich nach einem langen Kusse, „es ist mir wie ein Traum, daß du mein bist, aber noch wunderbarer ist mir es, daß du es nicht immer gewesen bist.“ „Mich dünkt“, sagte Mathilde, „ich kennte dich seit undenklichen Zeiten.“ – „Kannst du mich denn lieben?“ – „Ich weiß nicht, was Liebe ist, aber das kann ich dir sagen, daß mir ist, als finge ich erst jetzt zu leben an, und daß ich dir so gut bin, daß ich gleich für dich sterben wollte.“ „Meine Mathilde, erst jetzt fühle ich, was es heißt unsterblich zu sein.“ – „Lieber Heinrich, wie unendlich gut bist du, welcher herrliche Geist spricht aus dir. Ich bin ein armes, unbedeutendes Mädchen.“ – „Wie du mich tief beschämst! bin ich doch nur durch dich, was ich bin. Ohne dich wäre ich nichts. Was ist ein Geist ohne Himmel, und du bist der Himmel, der mich trägt und erhält.“ – „Welches selige Geschöpf wäre ich, wenn du so treu wärst, wie mein Vater. Meine Mutter starb kurz nach meiner Geburt; mein Vater weint fast alle Tage noch um sie.“ – „Ich verdiene es nicht, aber, möchte ich glücklicher sein als er.“ – „Ich lebte gern recht lange an deiner Seite, lieber Heinrich. Ich werde durch dich gewiß viel besser.“ – „Ach! Mathilde, auch der Tod wird uns nicht trennen.“ – „Nein, Heinrich, wo ich bin, wirst du sein.“ – „Ja wo du bist, Mathilde, werd' ich ewig sein.“ – „Ich begreife nichts von der Ewigkeit, aber ich dächte, das müßte die Ewigkeit sein, was ich empfinde, wenn ich an dich denke.“ – „Ja Mathilde, wir sind ewig, weil wir uns lieben.“ – „Du glaubst nicht Lieber, wie inbrünstig ich heute früh, wie wir nach Hause kamen, vor dem Bilde der himmlischen Mutter niederkniete, wie unsäglich ich zu ihr gebetet habe. Ich glaubte in Tränen zu zerfließen. Es kam mir vor, als lächelte sie mir zu. Nun weiß ich erst, was Dankbarkeit ist.“ – „O Geliebte, der Himmel hat dich mir zur Verehrung gegeben. Ich bete dich an. Du bist die Heilige, die meine Wünsche zu Gott bringt, durch die er sich mir offenbart, durch die er mir die Fülle seiner Liebe kund tut. Was ist die Religion, als ein unendliches Einverständnis, eine ewige Vereinigung liebender Herzen? Wo zwei versammelt sind, ist er ja unter ihnen. ich habe ewig an dir zu atmen; meine Brust wird nie aufhören dich in sich zu ziehn. Du bist die göttliche Herrlichkeit, das ewige Leben in der lieblichsten Hülle.“ – „Ach! Heinrich, du weißt das Schicksal der Rosen; wirst du auch die welken Lippen, die bleichen Wangen mit Zärtlichkeit an deine Lippen drücken? Werden die Spuren des Alters nicht die Spuren der vorübergegangenen Liebe sein?“ – „O! könntest du durch meine Augen in mein Gemüt sehn! aber du liebst mich und so glaubst du mir auch. Ich begreife das nicht, was man von der Vergänglichkeit der Reize sagt. O! sie sind unverwelklich. Was mich so unzertrennlich zu dir zieht, was ein ewiges Verlangen in mir geweckt hat, das ist nicht aus dieser Zeit. Könntest du nur sehn, wie du mir erscheinst, welches wunderbare Bild deine Gestalt durchdringt und mir überall entgegen leuchtet, du würdest kein Alter fürchten. Deine irdische Gestalt ist nur ein Schatten dieses Bildes. Die irdischen Kräfte ringen und quellen um es festzuhalten, aber die Natur ist noch unreif; das Bild ist ein ewiges Urbild, ein Teil der unbekannten heiligen Welt.“ – „Ich verstehe dich, lieber Heinrich, denn ich sehe etwas Ähnliches, wenn ich dich anschaue.“ – „Ja Mathilde, die höhere Welt ist uns näher, als wir gewöhnlich denken. Schon hier leben wir in ihr und wir erblicken sie auf das innigste mit der irdischen Natur verwebt.“ – „Du wirst mir noch viel herrliche Sachen offenbaren, Geliebtester.“ – „O! Mathilde, von dir allein kommt mir die Gabe der Weissagung. Alles ist ja dein, was ich habe; deine Liebe wird mich in die Heiligtümer des Lebens, in das Allerheiligste des Gemüts führen; du wirst mich zu den höchsten Anschauungen begeistern. Wer weiß, ob unsre Liebe nicht dereinst noch zu Flammenfittichen wird, die uns aufheben, und uns in unsre himmlische Heimat tragen, ehe das Alter und der Tod uns erreichen. Ist es nicht schon ein Wunder, daß du mein bist, daß ich dich in meinen Armen halte, daß du mich liebst und ewig mein sein willst?“ – „Auch mir ist jetzt alles glaublich, und ich fühle ja so deutlich eine stille Flamme in mir lodern; wer weiß, ob sie uns nicht verklärt, und die irdischen Banden allmählich auflöst. Sage mir nur, Heinrich, ob du auch schon das grenzenlose Vertrauen zu mir hast, was ich zu dir habe. Noch nie hab' ich so etwas gefühlt, selbst nicht gegen meinen Vater, den ich doch so unendlich liebe.“ – „Liebe Mathilde, es peinigt mich ordentlich, daß ich dir nicht alles auf einmal sagen, daß ich dir nicht gleich mein ganzes Herz auf einmal hingeben kann. Es ist auch zum erstenmal in meinem Leben, daß ich ganz offen bin. Keinen Gedanken, keine Empfindung kann ich vor dir mehr geheim haben; du mußt alles wissen. Mein ganzes Wesen soll sich mit dem deinigen vermischen. Nur die grenzenloseste Hingebung kann meiner Liebe genügen. In ihr besteht sie ja. Sie ist ja ein geheimnisvolles Zusammenfließen unsers geheimsten und eigentümlichsten Daseins.“ – „Heinrich, so können sich noch nie zwei Menschen geliebt haben.“ – „Ich kanns nicht glauben. Es gab ja noch keine Mathilde.“ – „Auch keinen Heinrich.“ – „Ach! schwör es mir noch einmal, daß du ewig mein bist; die Liebe ist eine endlose Wiederholung.“ – „Ja, Heinrich, ich schwöre ewig dein zu sein, bei der unsichtbaren Gegenwart meiner guten Mutter.“ – „Ich schwöre ewig dein zu sein, Mathilde, so wahr die Liebe die Gegenwart Gottes bei uns ist.“ Eine lange Umarmung, unzählige Küsse besiegelten den ewigen Bund des seligen Paars.

Neuntes Kapitel

Abends waren einige Gäste da; der Großvater trank auf die Gesundheit des jungen Brautpaars, und versprach bald ein schönes Hochzeitfest auszurichten. „Was hilft das lange Zaudern“, sagte der Alte. „Frühe Hochzeiten, lange Liebe. Ich habe immer gesehn, daß Ehen, die früh geschlossen wurden, am glücklichsten waren. In spätern Jahren ist gar keine solche Andacht mehr im Ehestande, als in der Jugend. Eine gemeinschaftlich genoßne Jugend ist ein unzerreißliches Band. Die Erinnerung ist der sicherste Grund der Liebe.“ Nach Tische kamen mehrere. Heinrich bat seinen neuen Vater um die Erfüllung seines Versprechens. Klingsohr sagte zu der Gesellschaft: „Ich habe heute Heinrichen versprochen ein Märchen zu erzählen. Wenn ihr es zufrieden seid, so bin ich bereit.“ – „Das ist ein kluger Einfall von Heinrich“, sagte Schwaning. „Ihr habt lange nichts von Euch hören lassen.“

Alle setzten sich um das lodernde Feuer am Kamin. Heinrich saß dicht bei Mathilden, und schlang seinen Arm um sie. Klingsohr begann:

„Die lange Nacht war eben angegangen. Der alte Held schlug an seinen Schild, daß es weit umher in den öden Gassen der Stadt erklang. Er wiederholte das Zeichen dreimal. Da fingen die hohen bunten Fenster des Palastes an von innen und heraus helle zu werden, und ihre Figuren bewegten sich. Sie bewegten sich lebhafter, je stärker das rötliche Licht ward, das die Gassen zu erleuchten begann. Auch sah man allmählich die gewaltigen Säulen und Mauern selbst sich erhellen; endlich standen sie im reinsten, milchblauen Schimmer, und spielten mit den sanftesten Farben. Die ganze Gegend ward nun sichtbar, und der Widerschein der Figuren, das Getümmel der Spieße, der Schwerter, der Schilder, und der Helme, die sich nach hier und da erscheinenden Kronen, von allen Seiten neigten, und endlich wie diese verschwanden, und einem schlichten, grünen Kranze Platz machten, um diesen her einen weiten Kreis schlossen: alles dies spiegelte sich in dem starren Meere, das den Berg umgab, auf dem die Stadt lag, und auch der ferne hohe Berggürtel, der sich rund um das Meer herzog, ward bis in die Mitte mit einem milden Abglanz überzogen. Man konnte nichts deutlich unterscheiden; doch hörte man ein wunderliches Getöse herüber, wie aus einer fernen ungeheuren Werkstatt. Die Stadt erschien dagegen hell und klar. Ihre glatten, durchsichtigen Mauern warfen die schönen Strahlen zurück, und das vortreffliche Ebenmaß, der edle Stil aller Gebäude, und ihre schöne Zusammenordnung kam zum Vorschein. Vor allen Fenstern standen zierliche Gefäße von Ton, voll der mannigfaltigsten Eis- und Schneeblumen, die auf das anmutigste funkelten.

Am herrlichsten nahm sich auf dem großen Platze vor dem Palaste der Garten aus, der aus Metallbäumen und Kristallpflanzen bestand, und mit bunten Edelsteinblüten und Früchten übersäet war. Die Mannigfaltigkeit und Zierlichkeit der Gestalten, und die Lebhaftigkeit der Lichter und Farben gewährten das herrlichste Schauspiel, dessen Pracht durch einen hohen Springquell in der Mitte des Gartens, der zu Eis erstarrt war, vollendet wurde. Der alte Held ging vor den Toren des Palastes langsam vorüber. Eine Stimme rief seinen Namen im Innern. Er lehnte sich an das Tor, das mit einem sanften Klange sich öffnete, und trat in den Saal. Seinen Schild hielt er vor die Augen. „Hast du noch nichts entdeckt?“ sagte die schöne Tochter Arcturs, mit klagender Stimme. Sie lag an seidnen Polstern auf einem Throne, der von einem großen Schwefelkristall künstlich erbaut war, und einige Mädchen rieben emsig ihre zarten Glieder, die wie aus Milch und Purpur zusammengeflossen schienen. Nach allen Seiten strömte unter den Händen der Mädchen das reizende Licht von ihr aus, was den Palast so wundersam erleuchtete. Ein duftender Wind wehte im Saale. Der Held schwieg. „Laß mich deinen Schild berühren“, sagte sie sanft. Er näherte sich dem Throne und betrat den köstlichen Teppich. Sie ergriff seine Hand, drückte sie mit Zärtlichkeit an ihren himmlischen Busen und rührte seinen Schild an. Seine Rüstung klang, und eine durchdringende Kraft beseelte seinen Körper. Seine Augen blitzten und das Herz pochte hörbar an den Panzer. Die schöne Freya schien heiterer, und das Licht ward brennender, das von ihr ausströmte. „Der König kommt“, rief ein prächtiger Vogel, der im Hintergrunde des Thrones saß. Die Dienerinnen legten eine himmelblaue Decke über die Prinzessin, die sie bis über den Busen bedeckte. Der Held senkte seinen Schild und sah nach der Kuppel hinauf, zu welcher zwei breite Treppen von beiden Seiten des Saals sich hinaufschlangen. Eine leise Musik ging dem Könige voran, der bald mit einem zahlreichen Gefolge in der Kuppel erschien und herunterkam.

Der schöne Vogel entfaltete seine glänzenden Schwingen, bewegte sie sanft und sang, wie mit tausend Stimmen, dem Könige entgegen:

Nicht lange wird der schöne Fremde säumen.
Die Wärme naht, die Ewigkeit beginnt.
Die Königin erwacht aus langen Träumen,
Wenn Meer und Land in Liebesglut zerrinnt.
Die kalte Nacht wird diese Stätte räumen,
Wenn Fabel erst das alte Recht gewinnt.
In Freyas Schoß wird sich die Welt entzünden
Und jede Sehnsucht ihre Sehnsucht finden.

Der König umarmte seine Tochter mit Zärtlichkeit. Die Geister der Gestirne stellten sich um den Thron, und der Held nahm in der Reihe seinen Platz ein. Eine unzählige Menge Sterne füllten den Saal in zierlichen Gruppen. Die Dienerinnen brachten einen Tisch und ein Kästchen, worin eine Menge Blätter lagen, auf denen heilige tiefsinnige Zeichen standen, die aus lauter Sternbildern zusammengesetzt waren. Der König küßte ehrfurchtsvoll diese Blätter, mischte sie sorgfältig untereinander, und reichte seiner Tochter einige zu. Die andern behielt er für sich. Die Prinzessin zog sie nach der Reihe heraus und legte sie auf den Tisch, dann betrachtete der König die seinigen genau, und wählte mit vielem Nachdenken, ehe er eins dazu hinlegte. Zuweilen schien er gezwungen zu sein, dies oder jenes Blatt zu wählen. Oft aber sah man ihm die Freude an, wenn er durch ein gutgetroffenes Blatt eine schöne Harmonie der Zeichen und Figuren legen konnte. Wie das Spiel anfing, sah man an allen Umstehenden Zeichen der lebhaftesten Teilnahme, und die sonderbarsten Mienen und Gebärden, gleichsam als hätte jeder ein unsichtbares Werkzeug in Händen, womit er eifrig arbeite. Zugleich ließ sich eine sanfte, aber tief bewegende Musik in der Luft hören, die von den im Saale sich wunderlich durcheinander schlingenden Sternen, und den übrigen sonderbaren Bewegungen zu entstehen schien. Die Sterne schwangen sich, bald langsam bald schnell, in beständig veränderten Linien umher, und bildeten, nach dem Gange der Musik, die Figuren der Blätter auf das kunstreichste nach. Die Musik wechselte, wie die Bilder auf dem Tische, unaufhörlich, und so wunderlich und hart auch die Übergänge nicht selten waren, so schien doch nur *ein* einfaches Thema das Ganze zu verbinden. Mit einer unglaublichen Leichtigkeit flogen die Sterne den Bildern nach. Sie waren in *einer* großen Verschlingung, bald wieder in einzelne Haufen schön geordnet, bald zerstäubte der lange Zug, wie ein Strahl, in unzählige Funken, bald kam durch immer wachsende kleinere Kreise und Muster wieder *eine* große, überraschende Figur zum Vorschein. Die bunten Gestalten in den Fenstern blieben während dieser Zeit ruhig stehen. Der Vogel bewegte unaufhörlich die Hülle seiner kostbaren Federn auf die mannigfaltigste Weise. Der alte Held hatte bisher auch sein unsichtbares Geschäft emsig betrieben, als auf einmal der König voll Freuden ausrief: „Es wird alles gut. Eisen, wirf du dein Schwert in die Welt, daß sie erfahren, wo der Friede ruht." Der Held riß das Schwert von der Hüfte, stellte es mit der Spitze gen Himmel, dann ergriff er es und warf es aus dem geöffneten Fenster über die Stadt und das Eismeer. Wie ein Komet flog es durch die Luft, und schien an dem Berggürtel mit hellem Klange zu zersplittern, denn es fiel in lauter Funken herunter.

Zu der Zeit lag der schöne Knabe Eros in seiner Wiege und schlummerte sanft, während Ginnistan seine Amme die Wiege schaukelte und seiner Milchschwester Fabel die Brust reichte. Ihr buntes Halstuch hatte sie über die Wiege ausgebreitet, daß die hellbrennende Lampe, die der Schreiber vor sich stehen hatte, das Kind mit ihrem Scheine nicht beunruhigen möchte. Der Schreiber schrieb unverdrossen, sah sich nur zuweilen mürrisch nach den Kindern um, und schnitt der Amme finstere Gesichter, die ihn gutmütig anlächelte und schwieg.

Der Vater der Kinder ging immer ein und aus, indem er jedesmal die Kinder betrachtete und Ginnistan freundlich begrüßte. Er hatte unaufhörlich dem Schreiber etwas zu sagen. Dieser vernahm ihn genau, und wenn er es aufgezeichnet hatte, reichte er die Blätter einer edlen, göttergleichen Frau hin, die sich an einen Altar lehnte, auf welchem eine dunkle Schale mit klarem Wasser stand, in welches sie mit heiterm Lächeln blickte. Sie tauchte die Blätter jedesmal hinein, und wenn sie beim Herausziehn gewahr wurde, daß einige Schrift stehen geblieben und glänzend geworden war, so gab sie das Blatt dem Schreiber zurück, der es in ein großes Buch heftete, und oft verdrießlich zu sein schien, wenn seine Mühe vergeblich gewesen und alles ausgelöscht war. Die Frau wandte sich zuzeiten gegen Ginnistan und die Kinder, tauchte den Finger in die Schale, und sprützte einige Tropfen auf sie hin, die, sobald sie die Amme, das Kind, oder die Wiege berührten, in einen blauen Dunst zerronnen, der tausend seltsame Bilder zeigte, und beständig um sie herzog und sich veränderte. Traf einer davon zufällig auf den Schreiber, so fielen eine Menge Zahlen und geometrische Figuren nieder, die er mit vieler Emsigkeit auf einen Faden zog, und sich zum Zierat um den magern Hals hing. Die Mutter des Knaben, die wie die Anmut und Lieblichkeit selbst aussah, kam oft herein. Sie schien beständig beschäftigt, und trug immer irgendein Stück Hausgeräte mit sich hinaus: bemerkte es der argwöhnische und mit spähenden Blicken sie verfolgende Schreiber, so begann er eine lange Strafrede, auf die aber kein Mensch achtete. Alle schienen seiner unnützen Widerreden gewohnt. Die Mutter gab auf einige Augenblicke der kleinen Fabel die Brust; aber bald ward sie wieder abgerufen, und dann nahm Ginnistan das Kind zurück, das an ihr lieber zu trinken schien. Auf einmal brachte der Vater ein zartes eisernes Stäbchen herein, das er im Hofe gefunden hatte. Der Schreiber besah es und drehte es mit vieler Lebhaftigkeit herum, und brachte bald heraus, daß es sich von selbst, in der Mitte an einem Faden aufgehängt, nach Norden drehe. Ginnistan nahm es auch in die Hand, bog es, drückte es, hauchte es an, und hatte ihm bald die Gestalt einer Schlange gegeben, die sich nun plötzlich in den Schwanz biß. Der Schreiber ward bald des Betrachtens überdrüssig. Er schrieb alles genau auf, und war sehr weitläufig über den Nutzen, den dieser Fund gewähren könne. Wie ärgerlich war er aber, als sein ganzes Schreibwerk die Probe nicht bestand, und das Papier weiß aus der Schale hervorkam. Die Amme spielte fort. Zuweilen berührte sie die Wiege damit, da fing der Knabe an wach zu werden, schlug die Decke zurück, hielt die eine Hand gegen das Licht, und langte mit der andern nach der Schlange. Wie er sie erhielt sprang er rüstig, daß Ginnistan erschrak, und der Schreiber beinah vor Entsetzen vom Stuhle fiel, aus der Wiege, stand, nur von seinen langen goldnen Haaren bedeckt, im Zimmer, und betrachtete mit unaussprechlicher Freude das Kleinod, das sich in seinen Händen nach Norden ausstreckte, und ihn heftig im Innern zu bewegen schien. Zusehends wuchs er.

„Sophie“, sagte er mit rührender Stimme zu der Frau, „laß mich aus der Schale trinken.“ Sie reichte sie ihm ohne Anstand, und er konnte nicht aufhören zu trinken, indem die Schale sich immer voll zu erhalten schien. Endlich gab er sie zurück, indem er die edle Frau innig umarmte. Er herzte Ginnistan, und bat sie um das bunte Tuch, das er sich anständig um die Hüften band. Die kleine Fabel nahm er auf den Arm. Sie schien unendliches Wohlgefallen an ihm zu haben, und fing zu plaudern an. Ginnistan machte sich viel um ihn zu schaffen. Sie sah äußerst reizend und leichtfertig aus, und drückte ihn mit der Innigkeit einer Braut an sich. Sie zog ihn mit heimlichen Worten nach der Kammertür, aber Sophie winkte ernsthaft und deutete nach der Schlange; da kam die Mutter herein, auf die er sogleich zuflog und sie mit heißen Tränen bewillkommte. Der Schreiber war ingrimmig fortgegangen. Der Vater trat herein, und wie er Mutter und Sohn in stiller Umarmung sah, trat er hinter ihren Rücken zur reizenden Ginnistan, und liebkoste ihr. Sophie stieg die Treppe hinauf. Die kleine Fabel nahm die Feder des Schreibers und fing zu schreiben an. Mutter und Sohn vertieften sich in ein leises Gespräch, und der Vater schlich sich mit Ginnistan in die Kammer, um sich von den Geschäften des Tags in ihren Armen zu erholen. Nach geraumer Zeit kam Sophie zurück. Der Schreiber trat herein. Der Vater kam aus der Kammer und ging an seine Geschäfte. Ginnistan kam mit glühenden Wangen zurück. Der Schreiber jagte die kleine Fabel mit vielen Schmähungen von seinem Sitze, und hatte einige Zeit nötig seine Sachen in Ordnung zu bringen. Er reichte Sophien die von Fabel vollgeschriebenen Blätter, um sie rein zurück zu erhalten, geriet aber bald in den äußersten Unwillen, wie Sophie die Schrift völlig glänzend und unversehrt aus der Schale zog und sie ihm hinlegte. Fabel schmiegte sich an ihre Mutter, die sie an die Brust nahm, und das Zimmer aufputzte, die Fenster öffnete, frische Luft hereinließ und Zubereitungen zu einem köstlichen Mahle machte. Man sah durch die Fenster die herrlichsten Aussichten und einen heitern Himmel über die Erde gespannt. Auf dem Hofe war der Vater in voller Tätigkeit. Wenn er müde war, sah er hinauf ans Fenster, wo Ginnistan stand, und ihm allerhand Näschereien herunterwarf. Die Mutter und der Sohn gingen hinaus, um überall zu helfen und den gefaßten Entschluß vorzubereiten. Der Schreiber rührte die Feder, und machte immer eine Fratze, wenn er genötigt war, Ginnistan um etwas zu fragen, die ein sehr gutes Gedächtnis hatte, und alles behielt, was sich zutrug. Eros kam bald in schöner Rüstung, um die das bunte Tuch wie eine Schärpe gebunden war, zurück, und bat Sophie um Rat, wann und wie er seine Reise antreten solle. Der Schreiber war vorlaut, und wollte gleich mit einem ausführlichen Reiseplan dienen, aber seine Vorschläge wurden überhört. „Du kannst sogleich reisen; Ginnistan mag dich begleiten“, sagte Sophie; „sie weiß mit den Wegen Bescheid, und ist überall gut bekannt. Sie wird die Gestalt deiner Mutter annehmen, um dich nicht in Versuchung zu führen. Findest du den König, so denke an mich: dann komme ich um dir zu helfen.“

Ginnistan tauschte ihre Gestalt mit der Mutter, worüber der Vater sehr vergnügt zu sein schien; der Schreiber freute sich, daß die beiden fortgingen; besonders da ihm Ginnistan ihr Taschenbuch zum Abschiede schenkte, worin die Chronik des Hauses umständlich aufgezeichnet war; nur blieb ihm die kleine Fabel ein Dorn im Auge, und er hätte, um seiner Ruhe und Zufriedenheit willen, nichts mehr gewünscht, als daß auch sie unter der Zahl der Abreisenden sein möchte. Sophie segnete die Niederknienden ein, und gab ihnen ein Gefäß voll Wasser aus der Schale mit; die Mutter war sehr bekümmert. Die kleine Fabel wäre gern mitgegangen, und der Vater war zu sehr außer dem Hause beschäftigt, als daß er lebhaften Anteil hätte nehmen sollen. Es war Nacht, wie sie abreisten, und der Mond stand hoch am Himmel. „Lieber Eros“, sagte Ginnistan, „wir müssen eilen, daß wir zu meinem Vater kommen, der mich lange nicht gesehn und so sehnsuchtsvoll mich überall auf der Erde gesucht hat. Siehst du wohl sein bleiches abgehärmtes Gesicht? Dein Zeugnis wird mich ihm in der fremden Gestalt kenntlich machen.“

Die Liebe ging auf dunkler Bahn
Vom Monde nur erblickt,
Das Schattenreich war aufgetan
Und seltsam aufgeschmückt.

Ein blauer Dunst umschwebte sie
Mit einem goldnen Rand,
Und eilig zog die Phantasie
Sie über Strom und Land.

Es hob sich ihre volle Brust
In wunderbarem Mut;
Ein Vorgefühl der künft'gen Lust
Besprach die wilde Glut.

Die Sehnsucht klagt' und wußt' es nicht,
Daß Liebe näher kam,

Und tiefer grub in ihr Gesicht
Sich hoffnungsloser Gram.

Die kleine Schlange blieb getreu:
Sie wies nach Norden hin,
Und beide folgten sorgenfrei
Der schönen Führerin.

Die Liebe ging durch Wüstenein
Und durch der Wolken Land,
Trat in den Hof des Mondes ein
Die Tochter an der Hand.

Er saß auf seinem Silberthron,
Allein mit seinem Harm;
Da hört' er seines Kindes Ton,
Und sank in ihren Arm.

Eros stand gerührt bei den zärtlichen Umarmungen. Endlich sammelte sich der alte erschütterte Mann, und bewillkommte seinen Gast. Er ergriff sein großes Horn und stieß mit voller Macht hinein. Ein gewaltiger Ruf dröhnte durch die uralte Burg. Die spitzen Türme mit ihren glänzenden Knöpfen und die tiefen schwarzen Dächer schwankten. Die Burg stand still, denn sie war auf das Gebirge jenseits des Meers gekommen. Von allen Seiten strömten seine Diener herzu, deren seltsame Gestalten und Trachten Ginnistan unendlich ergötzten, und den tapfern Eros nicht erschreckten. Erstere grüßte ihre alten Bekannten, und alle erschienen vor ihr mit neuer Stärke und in der ganzen Herrlichkeit ihrer Naturen. Der ungestüme Geist der Flut folgte der sanften Ebbe. Die alten Orkane legten sich an die klopfende Brust der heißen leidenschaftlichen Erdbeben. Die zärtlichen Regenschauer sahen sich nach dem bunten Bogen um, der von der Sonne, die ihn mehr anzieht, entfernt, bleich dastand. Der rauhe Donner schalt über die Torheiten der Blitze, hinter den unzähligen Wolken hervor, die mit tausend Reizen dastanden und die feurigen Jünglinge lockten. Die beiden lieblichen Schwestern, Morgen und Abend, freuten sich vorzüglich über die beiden Ankömmlinge. Sie weinten sanfte Tränen in ihren Umarmungen. Unbeschreiblich war der Anblick dieses wunderlichen Hofstaats. Der alte König konnte sich an seiner Tochter nicht satt sehen. Sie fühlte sich zehnfach glücklich in ihrer väterlichen Burg, und ward nicht müde die bekannten Wunder und Seltenheiten zu beschauen. Ihre Freude war ganz unbeschreiblich, als ihr der

König den Schlüssel zur Schatzkammer und die Erlaubnis gab, ein Schauspiel für Eros darin zu veranstalten, das ihn so lange unterhalten könnte, bis das Zeichen des Aufbruchs gegeben würde. Die Schatzkammer war ein großer Garten, dessen Mannigfaltigkeit und Reichtum alle Beschreibung übertraf. Zwischen den ungeheuren Wetterbäumen lagen unzählige Luftschlösser von überraschender Bauart, eins immer köstlicher, als das andere. Große Herden von Schäfchen, mit silberweißer, goldner und rosenfarbner Wolle irrten umher, und die sonderbarsten Tiere belebten den Hain. Merkwürdige Bilder standen hie und da, und die festlichen Aufzüge, die seltsamen Wagen, die überall zum Vorschein kamen, beschäftigten die Aufmerksamkeit unaufhörlich. Die Beete standen voll der buntesten Blumen. Die Gebäude waren gehäuft voll von Waffen aller Art, voll der schönsten Teppiche, Tapeten, Vorhänge, Trinkgeschirre und aller Arten von Geräten und Werkzeugen, in unübersehlichen Reihen. Auf einer Anhöhe erblickten sie ein romantisches Land, das mit Städten und Burgen, mit Tempeln und Begräbnissen übersäet war, und alle Anmut bewohnter Ebenen mit den furchtbaren Reizen der Einöde und schroffer Felsengegenden vereinigte. Die schönsten Farben waren in den glücklichsten Mischungen. Die Bergspitzen glänzten wie Luftfeuer in ihren Eis- und Schneehüllen. Die Ebene lachte im frischesten Grün. Die Ferne schmückte sich mit allen Veränderungen von Blau, und aus der Dunkelheit des Meeres wehten unzählige bunte Wimpel von zahlreichen Flotten. Hier sah man einen Schiffbruch im Hintergrunde, und vorne ein ländliches fröhliches Mahl von Landleuten; dort den schrecklich schönen Ausbruch eines Vulkans, die Verwüstungen des Erdbebens, und im Vordergrunde ein liebendes Paar unter schattenden Bäumen in den süßesten Liebkosungen. Abwärts eine fürchterliche Schlacht, und unter ihr ein Theater voll der lächerlichsten Masken. Nach einer andern Seite im Vordergrunde einen jugendlichen Leichnam auf der Bahre, die ein trostloser Geliebter festhielt, und die weinenden Eltern daneben; im Hintergrunde eine liebliche Mutter mit dem Kinde an der Brust und Engel sitzend zu ihren Füßen, und aus den Zweigen über ihrem Haupte herunterblickend. Die Szenen verwandelten sich unaufhörlich, und flossen endlich in eine große geheimnisvolle Vorstellung zusammen. Himmel und Erde waren in vollem Aufruhr. Alle Schrecken waren losgebrochen. Eine gewaltige Stimme rief zu den Waffen. Ein entsetzliches Heer von Totengerippen, mit schwarzen Fahnen, kam wie ein Sturm von dunkeln Bergen herunter, und griff das Leben an, das mit seinen jugendlichen Scharen in der hellen Ebene in muntern Festen begriffen war, und sich keines Angriffs versah. Es entstand ein entsetzliches Getümmel, die Erde zitterte; der Sturm brauste, und die Nacht ward von fürchterlichen Meteoren erleuchtet. Mit unerhörten Grausamkeiten zerriß das Heer der Gespenster die zarten Glieder der Lebendigen. Ein Scheiterhaufen türmte sich empor, und unter dem grausenvollsten Geheul wurden die Kinder des Lebens von den Flammen verzehrt. Plötzlich brach aus dem dunklen Aschenhaufen ein milchblauer Strom nach allen Seiten aus. Die Gespenster wollten die Flucht ergreifen, aber die Flut wuchs zusehends, und verschlang die scheußliche Brut. Bald waren alle Schrecken vertilgt. Himmel und Erde flossen in süße Musik zusammen. Eine wunderschöne Blume schwamm glänzend auf den sanften Wogen. Ein glänzender Bogen schloß sich über die Flut auf welchem göttliche Gestalten auf prächtigen Thronen, nach beiden Seiten herunter, saßen. Sophie saß zu oberst, die Schale in der Hand, neben einem herrlichen Manne, mit einem Eichenkranze um die Locken, und einer Friedenspalme statt des Zepters in der Rechten. Ein Lilienblatt bog sich über den Kelch der schwimmenden Blume; die kleine Fabel saß auf demselben, und sang zur Harfe die süßesten Lieder. In dem Kelche lag Eros selbst, über ein schönes schlummerndes Mädchen hergebeugt, die ihn fest umschlungen hielt. Eine kleinere Blüte schloß sich um beide her, so daß sie von den Hüften an in *eine* Blume verwandelt zu sein schienen.

Eros dankte Ginnistan mit tausend Entzücken. Er umarmte sie zärtlich, und sie erwiderte seine Liebkosungen. Ermüdet von der Beschwerde des Weges und den mannigfaltigen Gegenständen, die er gesehen hatte, sehnte er sich nach Bequemlichkeit und Ruhe. Ginnistan, die sich von dem schönen Jüngling lebhaft angezogen fühlte, hütete sich wohl, des Trankes zu erwähnen, den Sophie ihm mitgegeben hatte. Sie führte ihn zu einem abgelegenen Bade, zog ihm die Rüstung aus, und zog selbst ein Nachtkleid an, in welchem sie fremd und verführerisch aussah. Eros tauchte sich in die gefährlichen Wellen, und stieg berauscht wieder heraus. Ginnistan trocknete ihn, und rieb seine starken, von Jugendkraft gespannten Glieder. Er gedachte mit glühender Sehnsucht seiner Geliebten, und umfaßte in süßem Wahne die reizende Ginnistan. Unbesorgt überließ er sich seiner ungestümen Zärtlichkeit, und schlummerte endlich nach den wollüstigen Genüssen an dem reizenden Busen seiner Begleiterin ein.

Unterdessen war zu Hause eine traurige Veränderung vorgegangen. Der Schreiber hatte das Gesinde in eine gefährliche Verschwörung verwickelt. Sein feindseliges Gemüt hatte längst Gelegenheit gesucht, sich des Hausregiments zu bemächtigen, und sein Joch abzuschütteln. Er hatte sie gefunden. Zuerst bemächtigte sich sein Anhang der Mutter, die in eiserne Bande gelegt wurde.

Der Vater ward bei Wasser und Brot ebenfalls hingesetzt. Die kleine Fabel hörte den Lärm im Zimmer. Sie verkroch sich hinter dem Altare, und wie sie bemerkte, daß eine Tür an seiner Rückseite verborgen war, so öffnete sie dieselbe mit vieler Behendigkeit, und fand, daß eine Treppe in ihm hinunterging. Sie zog die Tür nach sich, und stieg im Dunkeln die Treppe hinunter. Der Schreiber stürzte mit Ungestüm herein, um sich an der kleinen Fabel zu rächen, und Sophien gefangenzunehmen. Beide waren nicht zu finden. Die Schale fehlte auch, und in seinem Grimme zerschlug er den Altar in tausend Stücke, ohne jedoch die heimliche Treppe zu entdecken.

Die kleine Fabel stieg geraume Zeit. Endlich kam sie auf einen freien Platz hinaus, der rund herum mit einer prächtigen Kolonnade geziert, und durch ein großes Tor geschlossen war. Alle Figuren waren hier dunkel. Die Luft war wie ein ungeheurer Schatten; am Himmel stand ein schwarzer strahlender Körper. Man konnte alles auf das deutlichste unterscheiden, weil jede Figur einen andern Anstrich von Schwarz zeigte, und einen lichten Schein hinter sich warf; Licht und Schatten schienen hier ihre Rollen vertauscht zu haben. Fabel freute sich in einer neuen Welt zu sein. Sie besah alles mit kindlicher Neugierde. Endlich kam sie an das Tor, vor welchem auf einem massiven Postument eine schöne Sphinx lag.

„Was suchst du?“ sagte die Sphinx. „Mein Eigentum“, erwiderte Fabel. – „Wo kommst du her?“ – „Aus alten Zeiten.“ – „Du bist noch ein Kind“ – „Und werde ewig ein Kind sein.“ – „Wer wird dir beistehn?“ – „Ich stehe für mich. Wo sind die Schwestern?“ fragte Fabel. – „Überall und nirgends“, gab die Sphinx zur Antwort. – „Kennst du mich?“ – „Noch nicht.“ – „Wo ist die Liebe?“ – „In der Einbildung.“ – „Und Sophie?“ – Die Sphinx murmelte unvernehmlich vor sich hin, und rauschte mit den Flügeln. „Sophie und Liebe“, rief triumphierend Fabel, und ging durch das Tor. Sie trat in die ungeheure Höhle, und ging fröhlich auf die alten Schwestern zu, die bei der kärglichen Nacht einer schwarzbrennenden Lampe ihr wunderliches Geschäft trieben. Sie taten nicht, als ob sie den kleinen Gast bemerkten, der mit artigen Liebkosungen sich geschäftig um sie erzeigte. Endlich krächzte die eine mit rauhen Worten und scheelem Gesicht: „Was willst du hier, Müßiggängerin? wer hat dich eingelassen? Dein kindisches Hüpfen bewegt die stille Flamme. Das Öl verbrennt unnützerweise. Kannst du dich nicht hinsetzen und etwas vornehmen?“ – „Schöne Base“, sagte Fabel, „am Müßiggehn ist mir nichts gelegen. Ich mußte recht über eure Türhüterin lachen. Sie hätte mich gern an die Brust genommen, aber sie mußte zu viel gegessen haben, sie konnte nicht aufstehn. Laßt mich vor der Tür sitzen, und gebt mir etwas zu spinnen; denn hier kann ich nicht gut sehen, und wenn ich spinne, muß ich singen und plaudern dürfen, und das könnte euch in euren ernsthaften Gedanken stören." – „Hinaus sollst du nicht, aber in der Nebenkammer bricht ein Strahl der Oberwelt durch die Felsritzen, da magst du spinnen, wenn du so geschickt bist; hier liegen ungeheure Haufen von alten Enden, die drehe zusammen; aber hüte dich: wenn du saumselig spinnst, oder der Faden reißt, so schlingen sich die Fäden um dich her und ersticken dich." – Die Alte lachte hämisch, und spann. Fabel raffte einen Arm voll Fäden zusammen, nahm Wocken und Spindel, und hüpfte singend in die Kammer. Sie sah durch die Öffnung hinaus, und erblickte das Sternbild des Phönixes. Froh über das glückliche Zeichen fing sie an lustig zu spinnen, ließ die Kammertür ein wenig offen, und sang halbleise:

Erwacht in euren Zellen,
Ihr Kinder alter Zeit;
Laßt eure Ruhestellen,
Der Morgen ist nicht weit.

Ich spinne eure Fäden
In *einen* Faden ein;
Aus ist die Zeit der Fehden.
Ein Leben sollt' ihr sein.

Ein jeder lebt in Allen,
Und All' in jedem auch.
Ein Herz wird in euch wallen,
Von *einem* Lebenshauch.

Noch seid ihr nichts als Seele,
Nur Traum und Zauberei.
Geht furchtbar in die Höhle
Und neckt die heil'ge Drei.

Die Spindel schwang sich mit unglaublicher Behendigkeit zwischen den kleinen Füßen; während sie mit beiden Händen den zarten Faden drehte. Unter dem Liede wurden unzählige Lichterchen sichtbar, die aus der Türspalte schlüpften und durch die Höhle in scheußlichen Larven sich verbreiteten. Die Alten hatten während der Zeit immer mürrisch fortgesponnen, und auf das

Jammergeschrei der kleinen Fabel gewartet, aber wie entsetzten sie sich, als auf einmal eine erschreckliche Nase über ihre Schultern guckte, und wie sie sich umsahen, die ganze Höhle voll der gräßlichsten Figuren war, die tausenderlei Unfug trieben. Sie fuhren ineinander, heulten mit fürchterlicher Stimme, und wären vor Schrecken zu Stein geworden, wenn nicht in diesem Augenblicke der Schreiber in die Höhle getreten wäre, und eine Alraunwurzel bei sich gehabt hätte. Die Lichterchen verkrochen sich in die Felsklüfte und die Höhle wurde ganz hell, weil die schwarze Lampe in der Verwirrung umgefallen und ausgelöscht war. Die Alten waren froh, wie sie den Schreiber kommen hörten, aber voll Ingrimms gegen die kleine Fabel. Sie riefen sie heraus, schnarchten sie fürchterlich an und verboten ihr fortzuspinnen. Der Schreiber schmunzelte höhnisch, weil er die kleine Fabel nun in seiner Gewalt zu haben glaubte und sagte: „Es ist gut, daß du hier bist und zur Arbeit angehalten werden kannst. Ich hoffe, daß es an Züchtigungen nicht fehlen soll. Dein guter Geist hat dich hergeführt. Ich wünsche dir langes Leben und viel Vergnügen." – „Ich danke dir für deinen guten Willen", sagte Fabel; „man sieht dir jetzt die gute Zeit an; dir fehlt nur noch das Stundenglas und die Hippe, so siehst du ganz wie der Bruder meiner schönen Basen aus. Wenn du Gänsespulen brauchst, so zupfe ihnen nur eine Handvoll zarten Flaum aus den Wangen." Der Schreiber schien Miene zu machen, über sie herzufallen. Sie lächelte und sagte: „Wenn dir dein schöner Haarwuchs und dein geistreiches Auge lieb sind, so nimm dich in acht; bedenke meine Nägel, du hast nicht viel mehr zu verlieren." Er wandte sich mit verbißner Wut zu den Alten, die sich die Augen wischten, und nach ihren Wocken umhertappten. Sie konnten nichts finden, da die Lampe ausgelöscht war, und ergossen sich in Schimpfreden gegen Fabel. „Laßt sie doch gehn", sprach er tückisch, „daß sie euch Taranteln fange, zur Bereitung eures Öls. Ich wollte euch zu eurem Troste sagen, daß Eros ohne Rast umherfliegt, und eure Schere fleißig beschäftigen wird. Seine Mutter, die euch so oft zwang, die Fäden länger zu spinnen, wird morgen ein Raub der Flammen." Er kitzelte sich, um zu lachen, wie er sah, daß Fabel einige Tränen bei dieser Nachricht vergoß, gab ein Stück von der Wurzel der Alten, und ging naserümpfend von dannen. Die Schwestern hießen der Fabel mit zorniger Stimme Taranteln suchen, ohngeachtet sie noch Öl vorrätig hatten, und Fabel eilte fort. Sie tat, als öffne sie das Tor, warf es ungestüm wieder zu, und schlich sich leise nach dem Hintergrunde der Höhle, wo eine Leiter herunterhing. Sie kletterte schnell hinauf, und kam bald vor eine Falltür, die sich in Arcturs Gemach öffnete.

Der König saß umringt von seinen Räten, als Fabel erschien. Die nördliche Krone zierte sein Haupt. Die Lilie hielt er mit der Linken, die Waage in der Rechten. Der Adler und Löwe sagen zu seinen Füßen. „Monarch“, sagte die Fabel, indem sie sich ehrfurchtsvoll vor ihm neigte; „Heil deinem festgegründeten Throne! frohe Botschaft deinem verwundeten Herzen! baldige Rückkehr der Weisheit! Ewiges Erwachen dem Frieden! Ruhe der rastlosen Liebe! Verklärung des Herzens! Leben dem Altertum und Gestalt der Zukunft!“ Der König berührte ihre offene Stirn mit der Lilie: „Was du bittest, sei dir gewährt.“ – „Dreimal werde ich bitten, wenn ich zum vierten Male komme, so ist die Liebe vor der Tür. Jetzt gib mir die Leier.“ – „Eridanus! bringe sie her“, rief der König. Rauschend strömte Eridanus von der Decke, und Fabel zog die Leier aus seinen blinkenden Fluten.

Fabel tat einige weissagende Griffe; der König ließ ihr den Becher reichen, aus dem sie nippte und mit vielen Danksagungen hinweg eilte. Sie glitt in reizenden Bogenschwüngen über das Eismeer, indem sie fröhliche Musik aus den Saiten lockte.

Das Eis gab unter ihren Tritten die herrlichsten Töne von sich. Der Felsen der Trauer hielt sie für Stimmen seiner suchenden rückkehrenden Kinder, und antwortete in einem tausendfachen Echo.

Fabel hatte bald das Gestade erreicht. Sie begegnete ihrer Mutter, die abgezehrt und bleich aussah, schlank und ernst geworden war, und in edlen Zügen die Spuren eines hoffnungslosen Grams, und rührender Treue verriet.

„Was ist aus dir geworden, liebe Mutter?“ sagte Fabel, „du scheinst mir gänzlich verändert; ohne inneres Anzeichen hätt' ich dich nicht erkannt. ich hoffte mich an deiner Brust einmal wieder zu erquicken; ich habe lange nach dir geschmachtet.“ Ginnistan liebkoste sie zärtlich, und sah heiter und freundlich aus. „Ich dachte es gleich“, sagte sie, „daß dich der Schreiber nicht würde gefangen haben. Dein Anblick erfrischt mich. Es geht mir schlimm und knapp genug, aber ich tröste mich bald. Vielleicht habe ich einen Augenblick Ruhe. Eros ist in der Nähe, und wenn er dich sieht, und du ihm vorplauderst, verweilt er vielleicht einige Zeit. Indes kannst du dich an meine Brust legen; ich will dir geben, was ich habe.“ Sie nahm die Kleine auf den Schoß, reichte ihr die Brust, und fuhr fort, indem sie lächelnd auf die Kleine hinunter sah, die es sich gut schmecken ließ. „Ich bin selbst Ursach, daß Eros so wild und unbeständig geworden ist. Aber mich reut es dennoch nicht, denn jene Stunden, die ich in seinen Armen zubrachte, haben mich zur Unsterblichen gemacht. Ich glaubte unter seinen feurigen Liebkosungen zu zerschmelzen. Wie ein himmlischer Räuber schien er mich grausam vernichten und stolz über sein bebendes Opfer triumphieren zu wollen. Wir erwachten spät aus dem verbotenen Rausche, in einem sonderbar vertauschten Zustande. Lange silberweiße Flügel bedeckten seine weißen Schultern, und die reizende Fülle und Biegung seiner Gestalt. Die Kraft, die ihn so plötzlich aus einem Knaben zum Jünglinge quellend getrieben, schien sich ganz in die glänzenden Schwingen gezogen zu haben, und er war wieder zum Knaben geworden. Die stille Glut seines Gesichts war in das tändelnde Feuer eines Irrlichts, der heilige Ernst in verstellte Schalkheit, die bedeutende Ruhe in kindische Unstetigkeit, der edle Anstand in drollige Beweglichkeit verwandelt. Ich fühlte mich von einer ernsthaften Leidenschaft unwiderstehlich zu dem mutwilligen Knaben gezogen, und empfang schmerzlich seinen lächelnden Hohn, und seine Gleichgültigkeit gegen meine rührendsten Bitten. Ich sah meine Gestalt verändert. Meine sorglose Heiterkeit war verschwunden, und hatte einer traurigen Bekümmernis, einer zärtlichen Schüchternheit Platz gemacht. Ich hätte mich mit Eros vor allen Augen verbergen mögen. Ich hatte nicht das Herz, in seine beleidigenden Augen zu sehn, und fühlte mich entsetzlich beschämt und erniedrigt. Ich hatte keinen andern Gedanken, als ihn, und hätte mein Leben hingegeben, um ihn von seinen Unarten zu befreien. Ich mußte ihn anbeten, so tief er auch alle meine Empfindungen kränkte.

Seit der Zeit, wo er sich aufmachte und mir entfloh, so rührend ich auch mit den heißesten Tränen ihn beschwor, bei mir zu bleiben, bin ich ihm überall gefolgt. Er scheint es ordentlich darauf anzulegen, mich zu necken. Kaum habe ich ihn erreicht, so fliegt er tückisch weiter. Sein Bogen richtet überall Verwüstungen an. Ich habe nichts zu tun, als die Unglücklichen zu trösten, und habe doch selbst Trost nötig. Ihre Stimmen, die mich rufen, zeigen mir seinen Weg, und ihre wehmütigen Klagen, wenn ich sie wieder verlassen muß, gehen mir tief zu Herzen. Der Schreiber verfolgt uns mit entsetzlicher Wut, und rächt sich an den armen Getroffenen. Die Frucht jener geheimnisvollen Nacht, waren eine zahlreiche Menge wunderlicher Kinder, die ihrem Großvater ähnlich sehn, und nach ihm genannt sind. Geflügelt wie ihr Vater begleiten sie ihn beständig, und plagen die Armen, die sein Pfeil trifft. Doch da kömmt der fröhliche Zug. Ich muß fort; lebe wohl, süßes Kind. Seine Nähe erregt meine Leidenschaft. Sei glücklich in deinem Vorhaben." – Eros zog weiter, ohne Ginnistan, die auf ihn zueilte, einen zärtlichen Blick zu gönnen. Aber zu Fabel wandte er sich freundlich, und seine kleinen Begleiter tanzten fröhlich um sie her. Fabel freute sich, ihren Milchbruder wiederzusehn, und sang zu ihrer Leier ein munteres Lied. Eros schien sich besinnen zu wollen und ließ den Bogen fallen. Die Kleinen entschliefen auf dem Rasen. Ginnistan konnte ihn fassen, und er litt ihre zärtlichen Liebkosungen. Endlich fing Eros auch an zu nicken, schmiegte sich an Ginnistans Schoß, und schlummerte ein, indem er seine Flügel über sie ausbreitete. Unendlich froh war die müde Ginnistan, und verwandte kein Auge von dem holden Schläfer. Während des Gesangs waren von allen Seiten Taranteln zum Vorschein gekommen, die über die Grashalme ein glänzendes Netz zogen, und lebhaft nach dem Takte sich an ihren Fäden bewegten. Fabel tröstete nun ihre Mutter, und versprach ihr baldige Hülfe. Vom Felsen tönte der sanfte Widerhall der Musik, und wiegte die Schläfer ein. Ginnistan sprengte aus dem wohlverwahrten Gefäß einige Tropfen in die Luft, und die anmutigsten Träume fielen auf sie nieder. Fabel nahm das Gefäß mit und setzte ihre Reise fort. Ihre Saiten ruhten nicht, und die Taranteln folgten auf schnellgesponnenen Fäden den bezaubernden Tönen.

Sie sah bald von weitem die hohe Flamme des Scheiterhaufens, die über den grünen Wald emporstieg. Traurig sah sie gen Himmel, und freute sich, wie sie Sophiens blauen Schleier erblickte, der wallend über der Erde schwebte, und auf ewig die ungeheure Gruft bedeckt. Die Sonne stand feuerrot vor Zorn am Himmel, die gewaltige Flamme sog an ihrem geraubten Lichte, und so heftig sie es auch an sich zu halten schien, so ward sie doch immer bleicher und fleckiger. Die Flamme ward weißer und mächtiger, je fahler die Sonne ward. Sie sog das Licht immer stärker in sich, und bald war die Glorie um das Gestirn des Tages verzehrt und nur als eine matte, glänzende Scheibe stand es noch da, indem jede neue Regung des Neides und der Wut den Ausbruch der entfliehenden Lichtwellen vermehrte. Endlich war nichts von der Sonne mehr übrig, als eine schwarze ausgebrannte Schlacke, die herunter ins Meer fiel. Die Flamme war über allen Ausdruck glänzend geworden. Der Scheiterhaufen war verzehrt. Sie hob sich langsam in die Höhe und zog nach Norden. Fabel trat in den Hof , der verödet aussah; das Haus war unterdes verfallen. Dornsträuche wuchsen in den Ritzen der Fenstergesimse und Ungeziefer aller Art krabbelte auf den zerbrochenen Stiegen. Sie hörte im Zimmer einen entsetzlichen Lärm; der Schreiber und seine Gesellen hatten sich an dem Flammentode der Mutter geweidet, waren aber gewaltig erschrocken, wie sie den Untergang der Sonne wahrgenommen hatten.

Sie hatten sich vergeblich angestrengt, die Flamme zu löschen, und waren bei dieser Gelegenheit nicht ohne Beschädigungen geblieben. Der Schmerz und die Angst preßte ihnen entsetzliche Verwünschungen und Klagen aus. Sie erschraken noch mehr, als Fabel ins Zimmer trat, und stürmten mit wütendem Geschrei auf sie ein, um an ihr den Grimm auszulassen. Fabel schlüpfte hinter die Wiege, und ihre Verfolger traten ungestüm in das Gewebe der Taranteln, die sich durch unzählige Bisse an ihnen rächten. Der ganze Hafen fing nun toll an zu tanzen, wozu Fabel ein lustiges Lied spielte. Mit vielem Lachen über ihre possierlichen Fratzen ging sie auf die Trümmer des Altars zu, und räumte sie weg, um die verborgene Treppe zu finden, auf der sie mit ihrem Tarantelgefolge hinunterstieg. Die Sphinx fragte: „Was kommt plötzlicher, als der Blitz?" „Die Rache", sagte Fabel. – „Was ist am vergänglichsten?" – „Unrechter Besitz." – „Wer kennt die Welt?" – „Wer sich selbst kennt." – „Was ist das ewige Geheimnis?" – „Die Liebe." – „Bei wem ruht es?" – „Bei Sophien." Die Sphinx krümmte sich kläglich, und Fabel trat in die Höhle.

„Hier bringe ich euch Taranteln", sagte sie zu den Alten, die ihre Lampe wieder angezündet hatten und sehr emsig arbeiteten. Sie erschraken, und die eine lief mit der Schere auf sie zu, um sie zu erstechen. Unversehens trat sie auf eine Tarantel, und diese stach sie in den Fuß. Sie schrie erbärmlich. Die andern wollten ihr zu Hülfe kommen und wurden ebenfalls von den erzürnten Taranteln gestochen. Sie konnten sich nun nicht an Fabel vergreifen, und sprangen wild umher. „Spinn uns gleich", riefen sie grimmig der Kleinen zu, „leichte Tanzkleider. Wir können uns in den steifen Röcken nicht rühren, und vergehn fast vor Hitze, aber mit Spinnensaft mußt du den Faden einweichen, daß er nicht reißt, und wirke Blumen hinein, die im Feuer gewachsen sind, sonst bist du des Todes." „Recht gern", sagte Fabel und ging in die Nebenkammer.

„Ich will euch drei tüchtige Fliegen verschaffen", sagte sie zu den Kreuzspinnen, die ihre luftigen Gewebe rundum an der Decke und den Wänden angeheftet hatten, „aber ihr müßt mir gleich drei hübsche, leichte Kleider spinnen. Die Blumen, die hineingewirkt werden sollen, will ich auch gleich bringen." Die Kreuzspinnen waren bereit und fingen rasch zu weben an. Fabel schlich sich zur Leiter und begab sich zu Arctur. „Monarch", sagte sie, „die Bösen tanzen, die Guten ruhn. Ist die Flamme angekommen?" „Sie ist angekommen", sagte der König. „Die Nacht ist vorbei und das Eis schmilzt. Meine Gattin zeigt sich von weitem. Meine Feindin ist versengt. Alles fängt zu leben an. Noch darf ich mich nicht sehn lassen, denn allein bin ich nicht König. Bitte was du willst."

– „Ich brauche“, sagte Fabel, „Blumen, die im Feuer gewachsen sind. Ich weiß, du hast einen geschickten Gärtner, der sie zu ziehen versteht.“ – „Zink“, rief der König, „gib uns Blumen.“ Der Blumengärtner trat aus der Reihe, holte einen Topf voll Feuer, und säete glänzenden Samenstaub hinein. Es währte nicht lange, so flogen die Blumen empor. Fabel sammelte sie in ihre Schürze, und machte sich auf den Rückweg. Die Spinnen waren fleißig gewesen, und es fehlte nichts mehr, als das Anheften der Blumen, welches sie sogleich mit vielem Geschmack und Behendigkeit begannen. Fabel hütete sich wohl die Enden abzureißen, die noch an den Weberinnen hingen.

Sie trug die Kleider den ermüdeten Tänzerinnen hin, die triefend von Schweiß umgesunken waren, und sich einige Augenblicke von der ungewohnten Anstrengung erholten. Mit vieler Geschicklichkeit entkleidete sie die hagern Schönheiten, die es an Schmähungen der kleinen Dienerin nicht fehlen ließen, und zog ihnen die neuen Kleider an, die sehr niedlich gemacht waren und vortrefflich paßten. Sie pries während dieses Geschäftes die Reize und den liebenswürdigen Charakter ihrer Gebieterinnen, und die Alten schienen ordentlich erfreut über die Schmeicheleien und die Zierlichkeit des Anzuges. Sie hatten sich unterdes erholt, und fingen, von neuer Tanzlust beseelt, wieder an, sich munter umherzudrehen, indem sie heimtückisch der Kleinen langes Leben und große Belohnungen versprachen. Fabel ging in die Kammer zurück, und sagte zu den Kreuzspinnen: „Ihr könnt nun die Fliegen getrost verzehren, die ich in eure Weben gebracht habe.“ Die Spinnen waren so schon ungeduldig über das Hin- und Herreißen, da die Enden noch in ihnen waren und die Alten so toll umhersprangen; sie rannten also hinaus, und fielen über die Tänzerinnen her; diese wollten sich mit der Schere verteidigen, aber Fabel hatte sie in aller Stille mitgenommen. Sie unterlagen also ihren hungrigen Handwerksgenossen, die lange keine so köstlichen Bissen geschmeckt hatten, und sie bis auf das Mark aussaugten. Fabel sah durch die Felsenkluft hinaus, und erblickte den Perseus mit dem großen eisernen Schilde. Die Schere flog von selbst dem Schilde zu, und Fabel bat ihn, Eros' Flügel damit zu verschneiden, und dann mit seinem Schilde die Schwestern zu verewigen, und das große Werk zu vollenden.

Sie verließ nun das unterirdische Reich, und stieg fröhlich zu Arcturs Palaste.

„Der Flachs ist versponnen. Das Leblose ist wieder entseelt. Das Lebendige wird regieren, und das Leblose bilden und gebrauchen. Das Innere wird offenbart, und das Äußere verborgen. Der Vorhang wird sich bald heben, und das Schauspiel seinen Anfang nehmen. Noch einmal bitte ich, dann spinne ich

Tage der Ewigkeit." – „Glückliches Kind", sagte der gerührte Monarch, „du bist unsre Befreierin." – „Ich bin nichts als Sophiens Pate", sagte die Kleine. „Erlaube, daß Turmalin, der Blumengärtner, und Gold mich begleiten. Die Asche meiner Pflegemutter muß ich sammeln, und der alte Träger muß wieder aufstehn, daß die Erde wieder schwebe und nicht auf dem Chaos liege."

Der König rief allen dreien, und befahl ihnen, die Kleine zu begleiten. Die Stadt war hell, und auf den Straßen war ein lebhaftes Verkehr. Das Meer brach sich brausend an der hohlen Klippe, und Fabel fuhr auf des Königs Wagen mit ihren Begleitern hinüber. Turmalin sammelte sorgfältig die auffliegende Asche. Sie gingen rund um die Erde, bis sie an den alten Riesen kamen, an dessen Schultern sie hinunter klimmten. Er schien vom Schlage gelähmt, und konnte kein Glied rühren. Gold legte ihm eine Münze in den Mund, und der Blumengärtner schob eine Schüssel unter seine Lenden. Fabel berührte ihm die Augen, und goß das Gefäß auf seiner Stirn aus. Sowie das Wasser über das Auge in den Mund und herunter über ihn in die Schüssel floß, zuckte ein Blitz des Lebens ihm in allen Muskeln. Er schlug die Augen auf und hob sich rüstig empor. Fabel sprang zu ihren Begleitern auf die steigende Erde, und bot ihm freundlich guten Morgen. „Bist du wieder da, liebliches Kind?" sagte der Alte; „habe ich doch immer von dir geträumt. Ich dachte immer, du würdest erscheinen, ehe mir die Erde und die Augen zu schwer würden. Ich habe wohl lange geschlafen." „Die Erde ist wieder leicht, wie sie es immer den Guten war", sagte Fabel. „Die alten Zeiten kehren zurück. In kurzem bist du wieder unter alten Bekannten. Ich will dir fröhliche Tage spinnen, und an einem Gehülfen soll es auch nicht fehlen, damit du zuweilen an unsern Freuden teilnehmen, und im Arm einer Freundin Jugend und Stärke einatmen kannst. Wo sind unsere alten Gastfreundinnen, die Hesperiden?" – „An Sophiens Seite. Bald wird ihr Garten wieder blühen, und die goldne Frucht duften. Sie gehen umher und sammeln die schmachtenden Pflanzen."

Fabel entfernte sich, und eilte dem Hause zu. Es war zu völligen Ruinen geworden. Efeu umzog die Mauern. Hohe Büsche beschatteten den ehmaligen Hof, und weiches Moos polsterte die alten Stiegen. Sie trat ins Zimmer. Sophie stand am Altar, der wieder aufgebaut war. Eros lag zu ihren Füßen in voller Rüstung, ernster und edler als jemals. Ein prächtiger Kronleuchter hing von der Decke. Mit bunten Steinen war der Fußboden ausgelegt, und zeigte einen großen Kreis um den Altar her, der aus lauter edlen bedeutungsvollen Figuren bestand. Ginnistan bog sich über ein Ruhebett, worauf der Vater in tiefem

Schlummer zu liegen schien, und weinte. Ihre blühende Anmut war durch einen Zug von Andacht und Liebe unendlich erhöht. Fabel reichte die Urne, worin die Asche gesammelt war, der heiligen Sophie, die sie zärtlich umarmte.

„Liebliches Kind", sagte sie, „dein Eifer und deine Treue haben dir einen Platz unter den ewigen Sternen erworben. Du hast das Unsterbliche in dir gewählt. Der Phönix gehört dir. Du wirst die Seele unsers Lebens sein. Jetzt wecke den Bräutigam auf. Der Herold ruft, und Eros soll Freya suchen und aufwecken."

Fabel freute sich unbeschreiblich bei diesen Worten. Sie rief ihren Begleitern Gold und Zink, und nahte sich dem Ruhebette. Ginnistan sah erwartungsvoll ihrem Beginnen zu. Gold schmolz die Münze und füllte das Behältnis, worin der Vater lag, mit einer glänzenden Flut. Zink schlang um Ginnistans Busen eine Kette. Der Körper schwamm auf den zitternden Wellen. „Bücke dich, liebe Mutter", sagte Fabel, „und lege die Hand auf das Herz des Geliebten."

Ginnistan bückte sich. Sie sah ihr vielfaches Bild. Die Kette berührte die Flut, ihre Hand sein Herz; er erwachte und zog die entzückte Braut an seine Brust. Das Metall gerann, und ward ein heller Spiegel. Der Vater erhob sich, seine Augen blitzten, und so schön und bedeutend auch seine Gestalt war, so schien doch sein ganzer Körper eine feine unendlich bewegliche Flüssigkeit zu sein, die jeden Eindruck in den mannigfaltigsten und reizendsten Bewegungen verriet.

Das glückliche Paar näherte sich Sophien, die Worte der Weihe über sie aussprach, und sie ermahnte, den Spiegel fleißig zu Rate zu ziehn, der alles in seiner wahren Gestalt zurückwerfe, jedes Blendwerk vernichte, und ewig das ursprüngliche Bild festhalte. Sie ergriff nun die Urne und schüttete die Asche in die Schale auf dem Altar. Ein sanftes Brausen verkündigte die Auflösung, und ein leiser Wind wehte in den Gewändern und Locken der Umstehenden.

Sophie reichte die Schale dem Eros und dieser den andern. Alle kosteten den göttlichen Trank, und vernahmen die freundliche Begrüßung der Mutter in ihrem Innern, mit unsäglicher Freude. Sie war jedem gegenwärtig, und ihre geheimnisvolle Anwesenheit schien alle zu verklären.

Die Erwartung war erfüllt und übertroffen. Alle merkten, was ihnen gefehlt habe, und das Zimmer war ein Aufenthalt der Seligen geworden. Sophie sagte: „Das große Geheimnis ist allen offenbart, und bleibt ewig unergründlich. Aus Schmerzen wird die neue Welt geboren, und in Tränen wird die Asche zum Trank des ewigen Lebens aufgelöst. In jedem wohnt die himmlische Mutter, um jedes Kind ewig zu gebären. Fühlt ihr die süße Geburt im Klopfen eurer Brust?"

Sie goß in den Altar den Rest aus der Schale hinunter. Die Erde bebte in ihren Tiefen. Sophie sagte: „Eros, eile mit deiner Schwester zu deiner Geliebten. Bald seht ihr mich wieder.“

Fabel und Eros gingen mit ihrer Begleitung schnell hinweg. Es war ein mächtiger Frühling über die Erde verbreitet. Alles hob und regte sich. Die Erde schwebte näher unter dem Schleier. Der Mond und die Wolken zogen mit fröhlichem Getümmel nach Norden. Die Königsburg strahlte mit herrlichem Glanze über das Meer, und auf ihren Zinnen stand der König in voller Pracht mit seinem Gefolge. Überall erblickten sie Staubwirbel, in denen sich bekannte Gestalten zu bilden schienen. Sie begegneten zahlreichen Scharen von Jünglingen und Mädchen, die nach der Burg strömten, und sie mit Jauchzen bewillkommten. Auf manchen Hügeln saß ein glückliches eben erwachtes Paar in lang entbehrter Umarmung, hielt die neue Welt für einen Traum, und konnte nicht aufhören, sich von der schönen Wahrheit zu überzeugen.

Die Blumen und Bäume wuchsen und grünten mit Macht. Alles schien beseelt. Alles sprach und sang. Fabel grüßte überall alte Bekannte. Die Tiere nahten sich mit freundlichen Grüßen den erwachten Menschen. Die Pflanzen bewirteten sie mit Früchten und Düften, und schmückten sie auf das zierlichste. Kein Stein lag mehr auf einer Menschenbrust, und alle Lasten waren in sich selbst zu einem festen Fußboden zusammengesunken. Sie kamen an das Meer. Ein Fahrzeug von geschliffenem Stahl lag am Ufer festgebunden. Sie traten hinein und lösten das Tau. Die Spitze richtete sich nach Norden, und das Fahrzeug durchschnitt, wie im Fluge, die buhlenden Wellen. Lispelndes Schilf hielt seinen Ungestüm auf, und es stieß leise an das Ufer. Sie eilten die breiten Treppen hinan. Die Liebe wunderte sich über die königliche Stadt und ihre Reichtümer. Im Hofe sprang der lebendiggewordne Quell, der Hain bewegte sich mit den süßesten Tönen, und ein wunderbares Leben schien in seinen heißen Stämmen und Blättern, in seinen funkelnden Blumen und Früchten zu quellen und zu treiben. Der alte Held empfing sie an den Toren des Palastes. „Ehrwürdiger Alter“, sagte Fabel, „Eros bedarf dein Schwert. Gold hat ihm eine Kette gegeben, die mit einem Ende in das Meer hinunterreicht, und mit dem andern um seine Brust geschlungen ist. Fasse sie mit mir an, und führe uns in den Saal, wo die Prinzessin ruht.“ Eros nahm aus der Hand des Alten das Schwert, setzte den Knopf auf seine Brust, und neigte die Spitze vorwärts. Die Flügeltüren des Saals flogen auf, und Eros nahte sich entzückt der schlummernden Freya. Plötzlich geschah ein gewaltiger Schlag. Ein heller Funken fuhr von der Prinzessin nach dem Schwerte; das

Schwert und die Kette leuchteten, der Held hielt die kleine Fabel, die beinah umgesunken wäre. Eros' Helmbusch wallte empor, „Wirf das Schwert weg“, rief Fabel, „und erwecke deine Geliebte.“ Eros ließ das Schwert fallen, flog auf die Prinzessin zu, und küßte feurig ihre süßen Lippen. Sie schlug ihre großen dunkeln Augen auf, und erkannte den Geliebten. Ein langer Kuß versiegelte den ewigen Bund.

Von der Kuppel herunter kam der König mit Sophien an der Hand. Die Gestirne und die Geister der Natur folgten in glänzenden Reihen. Ein unaussprechlich heitrer Tag erfüllte den Saal, den Palast, die Stadt, und den Himmel. Eine zahllose Menge ergoß sich in den weiten königlichen Saal, und sah mit stiller Andacht die Liebenden vor dem Könige und der Königin knien, die sie feierlich segneten. Der König nahm sein Diadem vom Haupte, und band es um Eros goldene Locken. Der alte Held zog ihm die Rüstung ab, und der König warf seinen Mantel um ihn her. Dann gab er ihm die Lilie in die linke Hand, und Sophie knüpfte ein köstliches Armband um die verschlungenen Hände der Liebenden, indem sie zugleich ihre Krone auf Freyas braune Haare setzte.

„Heil unsern alten Beherrschern“, rief das Volk. „Sie haben immer unter uns gewohnt, und wir haben sie nicht erkannt! Heil uns! Sie werden uns ewig beherrschen! Segnet uns auch!“ Sophie sagte zu der neuen Königin: „Wirf du das Armband eures Bundes in die Luft, daß das Volk und die Welt euch verbunden bleiben.“ Das Armband zerfloß in der Luft, und bald sah man lichte Ringe um jedes Haupt, und ein glänzendes Band zog sich über die Stadt und das Meer und die Erde, die ein ewiges Fest des Frühlings feierte. Perseus trat herein, und trug eine Spindel und ein Körbchen. Er brachte dem neuen Könige das Körbchen. „Hier“, sagte er, „sind die Reste deiner Feinde.“ Eine steinerne Platte mit schwarzen und weißen Feldern lag darin, und daneben eine Menge Figuren von Alabaster und schwarzem Marmor. „Es ist ein Schachspiel“, sagte Sophie; „aller Krieg ist auf diese Platte und in diese Figuren gebannt. Es ist ein Denkmal der alten trüben Zeit.“ Perseus wandte sich zu Fabel, und gab ihr die Spindel. „In deinen Händen wird diese Spindel uns ewig erfreuen, und aus dir selbst wirst du uns einen goldnen unzerreißlichen Faden spinnen.“ Der Phönix flog mit melodischem Geräusch zu ihren Füßen, spreizte seine Fittiche vor ihr aus, auf die sie sich setzte, und schwebte mit ihr über den Thron, ohne sich wieder niederzulassen. Sie sang ein himmlisches Lied, und fing zu spinnen an, indem der Faden aus ihrer Brust sich hervorzuwinden schien. Das Volk geriet in neues Entzücken, und aller Augen hingen an dem lieblichen Kinde. Ein neues Jauchzen kam von der Tür her. Der alte Mond kam mit seinem wunderlichen Hofstaat herein, und hinter ihm trug das Volk Ginnistan und ihren Bräutigam, wie im Triumph, einher.

Sie waren mit Blumenkränzen umwunden; die königliche Familie empfing sie mit der herzlichsten Zärtlichkeit, und das neue Königspaar rief sie zu seinen Statthaltern auf Erden aus.

„Gönnet mir", sagte der Mond, „das Reich der Parzen, dessen seltsame Gebäude eben auf dem Hofe des Palastes aus der Erde gestiegen sind. Ich will euch mit Schauspielen darin ergötzen, wozu die kleine Fabel mir behülflich sein wird."

Der König willigte in die Bitte, die kleine Fabel nickte freundlich, und das Volk freute sich auf den seltsamen unterhaltenden Zeitvertreib. Die Hesperiden ließen zur Thronbesteigung Glück wünschen, und um Schutz in ihren Gärten bitten. Der König ließ sie bewillkommen, und so folgten sich unzählige fröhliche Botschaften. Unterdessen hatte sich unmerklich der Thron verwandelt, und war ein prächtiges Hochzeitbett geworden, über dessen Himmel der Phönix mit der kleinen Fabel schwebte. Drei Karyatiden aus dunkelm Porphyr trugen es hinten, und vorn ruhte dasselbe auf einer Sphinx aus Basalt. Der König umarmte seine errötende Geliebte, und das Volk folgte dem Beispiel des Königs, und liebkoste sich untereinander. Man hörte nichts, als zärtliche Namen und ein Kußgeflüster. Endlich sagte Sophie: „Die Mutter ist unter uns, ihre Gegenwart wird uns ewig beglücken. Folgt uns in unsere Wohnung, in dem Tempel dort werden wir ewig wohnen, und das Geheimnis der Welt bewahren." Die Fabel spann emsig und sang mit lauter Stimme:

Gegründet ist das Reich der Ewigkeit,
In Lieb' und Frieden endigt sich der Streit,
Vorüber ging der lange Traum der Schmerzen,
Sophie ist ewig Priesterin der Herzen."

Zweiter Teil

Die Erfüllung

Das Kloster oder der Vorhof

Astralis

An einem Sommermorgen ward ich jung;
Da fühlt' ich meines eignen Lebens Puls
Zum erstenmal – und wie die Liebe sich
In tiefere Entzückungen verlor,
Erwacht' ich immer mehr, und das Verlangen
Nach innigerer, gänzlicher Vermischung
Ward dringender mit jedem Augenblick.
Wollust ist meines Daseins Zeugungskraft,
Ich bin der Mittelpunkt, der heilge Quell,
Aus welchem jede Sehnsucht stürmisch fließt,
Wohin sich jede Sehnsucht, mannigfach
Gebrochen, wieder still zusammen zieht.
Ihr kennt mich nicht und saht mich werden –
Wart ihr nicht Zeugen, wie ich noch
Nachtwandler mich zum ersten Male traf
An jenem frohen Abend? Flog euch nicht
Ein süßer Schauer der Entzündung an? –
Versunken lag ich ganz in Honigkelchen.
Ich duftete, die Blume schwankte still
In goldner Morgenluft. Ein innres Quellen
War ich, ein sanftes Ringen, alles floß
Durch mich und über mich und hob mich leise.
Da sank das erste Stäubchen in die Narbe,
Denkt an den Kuß nach aufgehobnem Tisch.
Ich quoll in meine eigne Flut zurück –
Es war ein Blitz – nun konnt ich schon mich regen,
Die zarten Fäden und den Kelch bewegen.
Schnell schossen, wie ich selber mich begann,
Zu irdschen Sinnen die Gedanken an.
Noch war ich blind, doch schwankten lichte Sterne

Durch meines Wesens wunderbare Ferne,
Nichts war noch nah, ich fand mich nur von weiten,
Ein Anklang alter, so wie künftger Zeiten.
Aus Wehmut, Lieb' und Ahndungen entsprungen
War der Besinnung Wachstum nur ein Flug,
Und wie die Wollust Flammen in mir schlug,
Ward ich zugleich vom höchsten Weh durchdrungen.
Die Welt lag blühend um den hellen Hügel,
Die Worte des Propheten wurden Flügel,
Nicht einzeln mehr nur Heinrich und Mathilde
Vereinten beide sich zu Einem Bilde. –
Ich hob mich nun gen Himmel neugeboren,
Vollendet war das irdische Geschick
Im seligen Verklärungsaugenblick,
Es hatte nun die Zeit ihr Recht verloren
Und forderte, was sie geliehn, zurück.

Es bricht die neue Welt herein
Und verdunkelt den hellsten Sonnenschein,
Man sieht nun aus bemoosten Trümmern
Eine wunderseltsame Zukunft schimmern,
Und was vordem alltäglich war,
Scheint jetzo fremd und wunderbar.
„Eins in allem und alles im Einen
Gottes Bild auf Kräutern und Steinen
Gottes Geist in Menschen und Tieren,
Dies muß man sich zu Gemüte führen.
Keine Ordnung mehr nach Raum und Zeit
Hier Zukunft in der Vergangenheit."
Der Liebe Reich ist aufgetan,
Die Fabel fängt zu spinnen an.
Das Urspiel jeder Natur beginnt,
Auf kräftige Worte jedes sinnt,
Und so das große Weltgemüt
Überall sich regt und unendlich blüht.
Alles muß in einander greifen,
Eins durch das andre gedeihn und reifen;

Jedes in Allen dar sich stellt,
Indem es sich mit ihnen vermischet
Und gierig in ihre Tiefen fällt,
Sein eigentümliches Wesen erfrischet
Und tausend neue Gedanken erhält.
Die Welt wird Traum, der Traum wird Welt,
Und was man geglaubt, es sei geschehn,
Kann man von weitem erst kommen sehn.
Frei soll die Phantasie erst schalten,
Nach ihrem Gefallen die Fäden verweben,
Hier manches verschleiern, dort manches entfalten,
Und endlich in magischen Dunst verschweben,
Wehmut und Wollust, Tod und Leben
Sind hier in innigster Sympathie –
Wer sich der höchsten Lieb' ergeben,
Genest von ihren Wunden nie.
Schmerzhaft muß jenes Band zerreißen,
Was sich ums innre Auge zieht,
Einmal das treuste Herz verwaisen,
Eh es der trüben Welt entflieht.
Der Leib wird aufgelöst in Tränen,
Zum weiten Grabe wird die Welt,
In das, verzehrt von bangem Sehnen,
Das Herz, als Asche, niederfällt.

Auf dem schmalen Fußsteige, der ins Gebürg hinauflief, ging ein Pilgrim in tiefen Gedanken. Mittag war vorbei. Ein starker Wind sauste durch die blaue Luft. Seine dumpfen, mannigfaltigen Stimmen verloren sich, wie sie kamen. War er vielleicht durch die Gegenden der Kindheit geflogen? Oder durch andre redende Länder? Es waren Stimmen, deren Echo nach dem Innersten klang und dennoch schien sie der Pilgrim nicht zu kennen. Er hatte nun das Gebürg erreicht, wo er das Ziel seiner Reise zu finden hoffte – hoffte? – Er hoffte gar nichts mehr. Die entsetzliche Angst und dann die trockne Kälte der gleichgültigsten Verzweiflung trieben ihn, die wilden Schrecknisse des Gebürgs aufzusuchen. Der mühselige Gang beruhigte das zerstörende Spiel der innern Gewalten. Er war matt aber still. Noch sah er nichts was um ihn her sich allmählich gehäuft hatte, als er sich auf einen Stein setzte, und den Blick rückwärts wandte. Es dünkte ihm, als träume er jetzt oder habe er geträumt. Eine unübersehliche Herrlichkeit schien sich vor ihm aufzutun. Bald flossen seine Tränen, indem sein Innres plötzlich brach. Er wollte sich in die Ferne verweinen, daß auch keine Spur seines Daseins übrig bliebe. Unter dem heftigen Schluchzen schien er zu sich selbst zu kommen; die weiche heitre Luft durchdrang ihn, seinen Sinnen ward die Welt wieder gegenwärtig und alte Gedanken fingen tröstlich zu reden an.

Dort lag Augsburg mit seinen Türmen. Fern am Gesichtskreis blinkte der Spiegel des furchtbaren, geheimnisvollen Stroms. Der ungeheure Wald bog sich mit tröstlichem Ernst zu dem Wanderer, das gezackte Gebürg ruhte so bedeutend über der Ebene und beide schienen zu sagen: „Eile nur, Strom, du entfliehst uns nicht – Ich will dir folgen mit geflügelten Schiffen. Ich will dich brechen und halten und dich verschlucken in meinen Schoß. Vertraue du uns, Pilgrim, es ist auch unser Feind, den wir selbst erzeugten – Laß ihn eilen mit seinem Raub, er entflieht uns nicht."

Der arme Pilgrim gedachte der alten Zeiten und ihrer unsäglichen Entzückungen – Aber wie matt gingen diese köstlichen Erinnerungen vorüber. Der breite Hut verdeckte ein jugendliches Gesicht. Es war bleich, wie eine Nachtblume. In Tränen hatte sich der Balsamsaft des jungen Lebens, in tiefe Seufzer sein schwellender Hauch verwandelt. In ein fahles Aschgrau waren alle seine Farben verschossen.

Seitwärts am Gehänge schien ihm ein Mönch unter einem alten Eichbaum zu knien. „Sollte das der alte Hofkaplan sein?" so dacht er bei sich, ohne große Verwunderung. Der Mönch kam ihm größer und ungestaltet vor, je näher er zu ihm trat. Er bemerkte nun seinen Irrtum, denn es war ein einzelner Felsen, über den sich der Baum herbog. Stillgerührt faßte er den Stein in seine Arme, und drückte ihn lautweinend an seine Brust. „Ach, daß doch jetzt deine Reden sich bewährten und die heilge Mutter ein Zeichen an mir täte! Bin ich doch so ganz elend und verlassen. Wohnt in meiner Wüste kein Heiliger, der mir sein Gebet liehe? Bete du, teurer Vater, jetzt in diesem Augenblick für mich."

Wie er so bei sich dachte fing der Baum an zu zittern. Dumpf dröhnte der Felsen und wie aus tiefer, unterirdischer Ferne erhoben sich einige klare Stimmchen und sangen:

Ihr Herz war voller Freuden
Von Freuden sie nur wußt
Sie wußt von keinem Leiden
Druckts Kindelein an ihr' Brust.

Sie küßt ihm seine Wangen
Sie küßt es mannigfalt,
Mit Liebe ward sie umfangen
Durch Kindleins schöne Gestalt.

Die Stimmchen schienen mit unendlicher Lust zu singen. Sie wiederholten den Vers einigemal. Es ward alles wieder ruhig und nun hörte der erstaunte Pilger, daß jemand aus dem Baume sagte:

„Wenn du ein Lied zu meinen Ehren auf deiner Laute spielen wirst, so wird ein armes Mädchen herfürkommen. Nimm sie mit und laß sie nicht von dir. Gedenke meiner, wenn du zum Kaiser kommst. Ich habe mir diese Stätte ausersehn um mit meinem Kindlein hier zu wohnen. Laß mir ein starkes, warmes Haus hier bauen. Mein Kindlein hat den Tod überwunden. Härme dich nicht – Ich bin bei dir. Du wirst noch eine Weile auf Erden bleiben, aber das Mädchen wird dich trösten, bis du auch stirbst und zu unsern Freunden eingehst." „Es ist Mathildens Stimme", rief der Pilger, und fiel auf seine Knie, um zu beten. Da drang durch die Äste ein langer Strahl zu seinen Augen und er sah durch den Strahl in eine ferne, kleine, wundersame Herrlichkeit hinein, welche nicht zu beschreiben, noch kunstreich mit Farben nachzubilden möglich gewesen wäre. Es waren überaus feine Figuren und die innigste Lust und Freude, ja eine himmlische Glückseligkeit war darin überall zu schauen, sogar daß die leblosen Gefäße, das Säulwerk, die Teppiche, Zieraten, kurzum alles was zu sehn war nicht gemacht, sondern, wie ein vollsaftiges Kraut, aus eigner Lustbegierde also gewachsen und zusammengekommen zu sein schien. Es waren die schönsten menschlichen Gestalten, die dazwischen umhergingen und sich über die Maßen freundlich und holdselig gegeneinander erzeugten. Ganz vorn stand die Geliebte des Pilgers und hatt' es das Ansehn, als wolle sie mit ihm sprechen. Doch war nichts zu hören und betrachtete der Pilger nur mit tiefer Sehnsucht ihre anmutigen Züge und wie sie so freundlich und lächelnd ihm zuwinkte, und die Hand auf ihre linke Brust legte. Der Anblick war unendlich tröstend und erquickend und der Pilger lag noch lang in seliger Entzückung, als die Erscheinung wieder hinweggenommen war. Der heilige Strahl hatte alle

Schmerzen und Bekümmernisse aus seinem Herzen gesogen, so daß sein Gemüt wieder rein und leicht und sein Geist wieder frei und fröhlich war, wie vordem. Nichts war übriggeblieben, als ein stilles inniges Sehnen und ein wehmütiger Klang im Aller Innersten. Aber die wilden Qualen der Einsamkeit, die herbe Pein eines unsäglichen Verlustes, die trübe, entsetzliche Leere, die irdische Ohnmacht war gewichen, und der Pilgrim sah sich wieder in einer vollen, bedeutsamen Welt. Stimme und Sprache waren wieder lebendig bei ihm geworden und es dünkte ihm nunmehr alles viel bekannter und weissagender, als ehemals, so daß ihm der Tod, wie eine höhere Offenbarung des Lebens, erschien, und er sein eignes, schnellvorübergehendes Dasein mit kindlicher, heitrer Rührung betrachtete. Zukunft und Vergangenheit hatten sich in ihm berührt und einen innigen Verein geschlossen. Er stand weit außer der Gegenwart und die Welt ward ihm erst teuer, wie er sie verloren hatte, und sich nur als Fremdling in ihr fand, der ihre weiten, bunten Säle noch eine kurze Weile durchwandern sollte. Es war Abend geworden, und die Erde lag vor ihm wie ein altes, liebes Wohnhaus, was er nach langer Entfernung verlassen wiederfände. Tausend Erinnerungen wurden ihm gegenwärtig. Jeder Stein, jeder Baum, jede Anhöhe wollte wiedergekannt sein. Jedes war das Merkmal einer alten Geschichte.

Der Pilger ergriff seine Laute und sang:

1

Liebeszähren, Liebesflammen
Fließt zusammen;
Heiligt diese Wunderstätten,
Wo der Himmel mir erschienen,
Schwärmt um diesen Baum wie Bienen
In unzähligen Gebeten.

2

Er hat froh sie aufgenommen
Als sie kommen,
Sie geschützt vor Ungewittern;
Sie wird einst in ihrem Garten
Ihn begießen und ihn warten,
Wunder tun mit seinen Splittern.

3

Auch der Felsen ist gesunken
Freudentrunken
Zu der selgen Mutter Füßen.
Ist die Andacht auch in Steinen
Sollte da der Mensch nicht weinen
Und sein Blut für sie vergießen?

4

Die Bedrängten müssen ziehen
Und hier knieen,
Alle werden hier genesen.
Keiner wird fortan noch klagen
Alle werden fröhlich sagen:
Einst sind wir betrübt gewesen.

5

Ernste Mauern werden stehen
Auf den Höhen.
In den Tälern wird man rufen
Wenn die schwersten Zeiten kommen,
Keinem sei das Herz beklommen,
Nur hinan zu jenen Stufen.

6

Gottes Mutter und Geliebte
Der Betrübte
Wandelt nun verklärt von hinnen.
Ewge Güte, ewge Milde,
O! ich weiß du bist Mathilde
Und das Ziel von meinem Sinnen.

7

Ohne mein verwegnes Fragen
Wirst mir sagen,
Wenn ich zu dir soll gelangen.
Gern will ich in tausend Weisen
Noch der Erde Wunder preisen,
Bis du kommst mich zu umfangen.

8

Alte Wunder, künftge Zeiten
Seltsamkeiten,
Weichet nie aus meinem Herzen.
Unvergeßlich sei die Stelle,
Wo des Lichtes heilge Quelle
Weggespült den Traum der Schmerzen.

Unter seinem Gesang war er nichts gewahr worden. Wie er aber aufsah, stand ein junges Mädchen nah bei ihm am Felsen, die ihn freundlich, wie einen alten Bekannten, grüßte und ihn einlud mit zu ihrer Wohnung zu gehn, wo sie ihm schon ein Abendessen zubereitet habe. Er schloß sie zärtlich in seinen Arm. Ihr ganzes Wesen und Tun war ihm befreundet. Sie bat ihn noch einige Augenblicke zu verziehn, trat unter den Baum, sah mit einem unaussprechlichen Lächeln hinauf und schüttete aus ihrer Schürze viele Rosen auf das Gras. Sie kniete still daneben, stand aber bald wieder auf und führte den Pilger fort. „Wer hat dir von mir gesagt“, frug der Pilgrim. „Unsre Mutter.“ „Wer ist deine Mutter?“ „Die Mutter Gottes.“ „Seit wann bist du hier?“ „Seitdem ich aus dem Grabe gekommen bin?“ „Warst du schon einmal gestorben?“ „Wie könnt' ich denn leben?“ „Lebst du hier ganz allein?“ „Ein alter Mann ist zu Hause, doch kenn ich noch viele, die gelebt haben.“ „Hast du Lust, bei mir zu bleiben?“ „Ich habe dich ja lieb.“ „Woher kennst du mich?“ „O! von alten Zeiten; auch erzählte mir meine ehemalige Mutter zeither immer von dir?“ „Hast du noch eine Mutter?“ „Ja, aber es ist eigentlich dieselbe.“ „Wie hieß sie?“ „Maria.“ „Wer war dein Vater?“ „Der Graf von Hohenzollern.“ „Den kenn' ich auch.“ „Wohl mußt du ihn kennen, denn er ist auch dein Vater.“ „Ich habe ja meinen Vater in Eisenach?“ „Du hast mehr Eltern.“ „Wo gehn wir denn hin?“ „Immer nach Hause.“

Sie waren jetzt auf einen geräumigen Platz im Holze gekommen, auf welchem einige verfallne Türme hinter tiefen Gräben standen. Junges Gebüsch schlang sich um die alten Mauern, wie ein jugendlicher Kranz um das Silberhaupt eines Greises. Man sah in die Unermeßlichkeit der Zeiten, und erblickte die weitesten Geschichten in kleine glänzende Minuten zusammengezogen, wenn man die grauen Steine, die blitzähnlichen Risse, und die hohen, schaurigen Gestalten betrachtete. So zeigt uns der Himmel unendliche Räume in dunkles Blau gekleidet und wie milchfarbne Schimmer, so unschuldig, wie die Wangen eines Kindes, die fernsten Heere seiner schweren ungeheuren Welten. Sie gingen durch ein altes Tor weg und der Pilger war nicht wenig erstaunt, als er sich nun von lauter seltenen Gewächsen umringt und die Reize des anmutigsten Gartens unter diesen Trümmern versteckt sah. Ein kleines steinernes Häuschen von neuer Bauart mit großen hellen Fenstern lag dahinter. Dort stand ein alter Mann hinter den breitblättrigen Stauden und band die schwanken Zweige an Stäbchen. Den Pilgrim führte seine Begleiterin zu ihm und sagte: „Hier ist Heinrich nach dem du mich oft gefragt hast.“ Wie sich der Alte zu ihm wandte, glaubte Heinrich den Bergmann vor sich zu sehn. „Du siehst den Arzt Sylvester“, sagte das Mädchen. Sylvester freute sich ihn zu sehn, und sprach: „Es ist eine geraume Zeit her, daß ich deinen Vater eben so jung bei mir sah. Ich ließ es mir damals angelegen sein, ihn mit den Schätzen der Vorwelt, mit der kostbaren Hinterlassenschaft einer zu früh abgeschiedenen Welt bekannt zu machen. Ich bemerkte in ihm die Anzeichen eines großen Bildkünstlers. Sein Auge regte sich voll Lust ein wahres Auge, ein schaffendes Werkzeug zu werden. Sein Gesicht zeugte von innrer Festigkeit und ausdauerndem Fleiß. Aber die gegenwärtige Welt hatte zu tiefe Wurzeln schon bei ihm geschlagen. Er wollte nicht Achtung geben auf den Ruf seiner eigensten Natur. Die trübe Strenge seines vaterländischen Himmels hatte die zarten Spitzen der edelsten Pflanzen in ihm verdorben. Er ward ein geschickter Handwerker und die Begeisterung ist ihm zur Torheit geworden.“

„Wohl“, versetzte Heinrich, „hab ich in ihm oft mit Schmerzen einen stillen Mißmut bemerkt. Er arbeitet unaufhörlich aus Gewohnheit und nicht aus innerer Lust. Es scheint ihm etwas zu fehlen, was die friedliche Stille seines Lebens, die Bequemlichkeiten seines Auskommens, die Freude sich geehrt und geliebt von seinen Mitbürgern zu sehn und in allen Stadtangelegenheiten zu Rate gezogen zu werden, ihm nicht ersetzen kann. Seine Bekannten halten ihn für sehr glücklich, aber sie wissen nicht, wie lebenssatt er ist, wie leer ihm oft die Welt vorkommt, wie sehnlich er sich hinwegwünscht, und wie er nicht aus Erwerbslust, sondern um diese Stimmung zu verscheuchen, so fleißig arbeitet.“

„Was mich am Meisten wundert“, versetzte Sylvester, „daß er Eure Erziehung ganz in den Händen Eurer Mutter gelassen hat und sorgfältig sich gehütet in Eure Entwicklung sich zu mischen oder Euch zu irgend einem bestimmten Stande anzuhalten. Ihr habt von Glück zu sagen, daß Ihr habt aufwachsen dürfen, ohne von Euren Eltern die mindeste Beschränkung zu leiden, denn die meisten Menschen sind nur Überbleibsel eines vollen Gastmahls, das Menschen von verschiednem Appetit und Geschmack geplündert haben.“

„Ich weiß selbst nicht“, erwiderte Heinrich, „was Erziehung heißt, wenn es nicht das Leben und die Sinnesweise meiner Eltern ist, oder der Unterricht meines Lehrers des Hofkaplans. Mein Vater scheint mir, bei aller seiner kühlen und durchaus festen Denkungsart, die ihn alle Verhältnisse, wie ein Stück Metall und eine künstliche Arbeit ansehn läßt, doch unwillkürlich und ohne es daher selbst zu wissen, eine stille Ehrfurcht und Gottesfurcht vor allen unbegreiflichen und höhern Erscheinungen zu haben, und daher das Aufblühen eines Kindes mit demütiger Selbstverleugnung zu betrachten. Ein Geist ist hier geschäftig, der frisch aus der unendlichen Quelle kommt und dieses Gefühl der Überlegenheit eines Kindes in den allerhöchsten Dingen, der unwiderstehliche Gedanke einer nähern Führung dieses unschuldigen Wesens, das jetzt im Begriff steht eine so bedenkliche Laufbahn anzutreten, bei seinen nähern Schritten, das Gepräge einer wunderbaren Welt, was noch keine irdische Flut unkenntlich gemacht hat, und endlich die Sympathie der Selbsterinnerung jener fabelhaften Zeiten, wo die Welt uns heller, freundlicher und seltsamer dünkte und der Geist der Weissagung fast sichtbar uns begleitete, alles dies hat meinen Vater gewiß zu der andächtigsten und bescheidensten Behandlung vermocht.“

„Laß uns hieher auf die Rasenbank unter die Blumen setzen“, unterbrach ihn der Alte. „Zyane wird uns rufen, wenn unser Abendessen bereit ist, und wenn ich Euch bitten darf, so fahrt fort mir von Eurem frühern Leben etwas zu erzählen. Wir Alten hören am liebsten von den Kinderjahren reden, und es dünkt mich, als ließt Ihr mich den Duft einer Blume einziehn, den ich seit meiner Kindheit nicht wieder eingeatmet hätte. Nur sagt mir noch vorher, wie Euch meine Einsiedelei und mein Garten gefällt, denn diese Blumen sind meine Freundinnen. Mein Herz ist in diesem Garten. Ihr seht nichts, was mich nicht liebt und von mir nicht zärtlich geliebt wird. Ich bin hier mitten unter meinen Kindern und komme mir vor, wie ein alter Baum, aus dessen Wurzeln diese muntre Jugend ausgeschlagen sei.“

„Glücklicher Vater“, sagte Heinrich, „Euer Garten ist die Welt. Ruinen sind die Mütter dieser blühenden Kinder. Die bunte, lebendige Schöpfung zieht ihre Nahrung aus den Trümmern vergangner Zeiten. Aber mußte die Mutter sterben, daß die Kinder gedeihen können, und bleibt der Vater zu ewigen Tränen allein an ihrem Grabe sitzen?“

Sylvester reichte dem schluchzenden Jünglinge die Hand, und stand auf, um ihm ein eben aufgeblühtes Vergißmeinnicht zu holen, das er an einen Zypressenzweig band und ihm brachte. Wunderlich rührte der Abendwind die

Wipfel der Kiefern, die jenseits den Ruinen standen. Ihr dumpfes Brausen tönte herüber. Heinrich verbarg sein Gesicht in Tränen an dem Halse des guten Sylvester, und wie er sich wieder erhob, trat eben der Abendstern in voller Glorie über den Wald herüber.

Nach einiger Stille fing Sylvester an: „Ich möcht Euch wohl in Eisenach unter Euren Gespielen gesehn haben. Eure Eltern, die vortreffliche Landgräfin, die biedern Nachbarn Eures Vaters, und der alte Hofkaplan machen eine schöne Gesellschaft aus. Ihre Gespräche müssen frühzeitig auf Euch gewürkt haben, besonders da Ihr das einzige Kind wart. Auch stell ich mir die Gegend äußerst anmutig und bedeutsam vor."

„Ich lerne", versetzte Heinrich, „meine Gegend erst recht kennen, seit ich weg bin und viele andre Gegenden gesehn habe. Jede Pflanze, jeder Baum, jeder Hügel und Berg hat seinen besondern Gesichtskreis, seine eigentümliche Gegend. Sie gehört zu ihm und sein Bau, seine ganze Beschaffenheit wird durch sie erklärt. Nur das Tier und der Mensch können zu allen Gegenden kommen; alle Gegenden sind die Ihrigen. So machen alle zusammen eine große Weltgegend, einen unendlichen Gesichtskreis aus, dessen Einfluß auf den Menschen und das Tier ebenso sichtbar ist, wie der Einfluß der engern Umgebung auf die Pflanze. Daher Menschen, die viel gereist sind, Zugvögel und Raubtiere, unter den übrigen sich durch besondern Verstand und andre wunderbare Gaben und Arten auszeichnen. Doch gibt es auch gewiß mehr oder weniger Fähigkeit unter ihnen, von diesen Weltkreisen und ihrem mannigfaltigen Inhalt und Ordnung gerührt, und gebildet zu werden. Auch fehlt bei den Menschen wohl manchen die nötige Aufmerksamkeit und Gelassenheit, um den Wechsel der Gegenstände und ihre Zusammenstellung erst gehörig zu betrachten, und dann darüber nachzudenken und die nötigen Vergleichungen anzustellen. Oft fühl ich jetzt, wie mein Vaterland meine frühsten Gedanken mit unvergänglichen Farben angehaucht hat, und sein Bild eine seltsame Andeutung meines Gemüts geworden ist, die ich immer mehr errate, je tiefer ich einsehe, daß Schicksal und Gemüt Namen Eines Begriffs sind." „Auf mich", sagte Sylvester, „hat freilich die lebendige Natur, die regsame Überkleidung der Gegend, immer am meisten gewirkt. Ich bin nicht müde geworden, besonders die verschiedene Pflanzennatur auf das sorgfältigste zu betrachten. Die Gewächse sind so die unmittelbarste Sprache des Bodens; jedes neue Blatt, jede sonderbare Blume ist irgend ein Geheimnis, was sich hervordrängt und das, weil es sich vor Liebe und Lust nicht bewegen und nicht zu Worten kommen kann, eine stumme, ruhige Pflanze wird. Findet man in der Einsamkeit eine solche Blume, ist es da nicht, als wäre alles umher verklärt und hielten sich die kleinen befiederten Töne am liebsten in ihrer Nähe auf. Man möchte für Freuden weinen, und abgesondert von der Welt nur seine Hände und Füße in die Erde stecken, um Wurzeln zu treiben und nie diese glückliche Nachbarschaft zu verlassen. Über die ganze trockne Welt ist dieser grüne, geheimnisvolle Teppich der Liebe gezogen. Mit jedem Frühjahr wird er erneuert und seine seltsame Schrift ist nur dem Geliebten lesbar wie der Blumenstrauß des Orients. Ewig wird er lesen und sich nicht satt lesen und täglich neue Bedeutungen, neue entzückendere Offenbarungen der liebenden Natur gewahr werden. Dieser unendliche Genuß ist der geheime Reiz, den die Begehung der Erdfläche für mich hat, indem mir jede Gegend andre Rätsel löst, und mich immer mehr erraten läßt, woher der Weg komme und wohin er gehe."

„Ja", sagte Heinrich, „wir haben von Kinderjahren angefangen zu reden, und von der Erziehung, weil wir in Eurem Garten waren und die eigentliche Offenbarung der Kindheit, die unschuldige Blumenwelt, unmerklich in unser Gedächtnis und auf unsre Lippen die Erinnerung der alten Blumenschaft brachte. Mein Vater ist auch ein großer Freund des Gartenlebens und die glücklichsten Stunden seines Lebens bringt er unter den Blumen zu. Dies hat auch gewiß seinen Sinn für die Kinder so offen erhalten, da Blumen die Ebenbilder der Kinder sind. Den vollen Reichtum des unendlichen Lebens, die gewaltigen Mächte der spätern Zeit, die Herrlichkeit des Weltendes und die goldne Zukunft aller Dinge sehn wir hier noch innig ineinander geschlungen, aber doch auf das deutlichste und klarste in zarter Verjüngung. Schon treibt die allmächtige Liebe, aber sie zündet noch nicht. Es ist keine verzehrende Flamme; es ist ein zerrinnender Duft; und so innig die Vereinigung der zärtlichen Seelen auch ist, so ist sie doch von keiner heftigen Bewegung und keiner fressenden Wut begleitet, wie bei den Tieren. So ist die Kindheit in der Tiefe zunächst an der Erde, da hingegen die Wolken vielleicht die Erscheinungen der zweiten, höhern Kindheit, des wiedergefundnen Paradieses sind, und darum so wohltätig auf die Erstere heruntertauen."

„Es ist gewiß etwas sehr Geheimnisvolles in den Wolken", sagte Sylvester, „und eine gewisse Bewölkung hat oft einen ganz wunderbaren Einfluß auf uns. Sie ziehn und wollen uns mit ihrem kühlen Schatten auf und davon nehmen und wenn ihre Bildung lieblich und bunt, wie ein ausgehauchter Wunsch unsers Innern ist, so ist auch ihre Klarheit, das herrliche Licht, was dann auf Erden herrscht, wie die Vorbedeutung einer unbekannten, unsäglichen Herrlichkeit. Aber es gibt auch düstre und ernste und entsetzliche Umwölkungen, in denen alle Schrecken der alten Nacht zu drohen scheinen. Nie scheint sich der Himmel wieder aufheitern zu wollen, das heitre Blau ist vertilgt und ein fahles Kupferrot auf schwarzgrauem Grunde weckt Grauen und Angst in jeder Brust. Wenn dann die verderblichen Strahlen herunterzucken und mit höhnischem Gelächter die schmetternden Donnerschläge hinterdreinfallen, so werden wir bis ins Innerste beängstigt, und wenn in uns dann nicht das erhabne Gefühl unsrer sittlichen Obermacht entsteht, so glauben wir den Schrecknissen der Hölle, der Gewalt böser Geister überliefert zu sein.

Es sind Nachhalle der alten unmenschlichen Natur, aber auch weckende Stimmen der höhern Natur, des himmlischen Gewissens in uns. Das Sterbliche dröhnt in seinen Grundvesten, aber das Unsterbliche fängt heller zu leuchten an und erkennt sich selbst."

„Wann wird es doch", sagte Heinrich, „gar keiner Schrecken, keiner Schmerzen, keiner Not und keines Übels mehr im Weltall bedürfen?"

„Wenn es nur Eine Kraft gibt – die Kraft des Gewissens – Wenn die Natur züchtig und sittlich geworden ist. Es gibt nur Eine Ursache des Übels – die allgemeine *Schwäche,* und diese Schwäche ist nichts, als geringe sittliche Empfänglichkeit, und Mangel an Reiz der Freiheit."

„Macht mir doch die Natur des Gewissens begreiflich."

„Wenn ich das könnte, so wär ich Gott, denn indem man das Gewissen begreift, entsteht es. Könnt Ihr mir das Wesen der Dichtkunst begreiflich machen?"

„Etwas Persönliches läßt sich nicht bestimmt abfragen."

„Wie viel weniger also das Geheimnis der höchsten Unteilbarkeit. Läßt sich Musik dem Tauben erklären?"

„Also wäre der Sinn ein Anteil an der neuen durch ihn eröffneten Welt selbst? Man verstünde die Sache nur, wenn man sie hätte ?"

„Das Weltall zerfällt in unendliche, immer von größern Welten wieder befaßte Welten. Alle Sinne sind am Ende Ein Sinn. *Ein* Sinn führt wie Eine Welt allmählich zu allen Welten. Aber alles hat seine Zeit, und seine Weise. Nur die Person des Weltalls vermag das Verhältnis unsrer Welt einzusehn. Es ist schwer zu sagen, ob wir innerhalb der sinnlichen Schranken unsers Körpers wirklich unsre Welt mit neuen Welten, unsre Sinne mit neuen Sinnen vermehren können, oder ob jeder Zuwachs unsrer Erkenntnis, jede neuerworbene Fähigkeit nur zur Ausbildung unsers gegenwärtigen Weltsinns zu rechnen ist."

„Vielleicht ist beides Eins", sagte Heinrich. „Ich weiß nur so viel, daß für mich die Fabel Gesamtwerkzeug meiner gegenwärtigen Welt ist. Selbst das Gewissen, diese Sinn und Welten erzeugende Macht, dieser Keim aller Persönlichkeit, erscheint mir, wie der Geist des Weltgedichts, wie der Zufall der ewigen romantischen Zusammenkunft, des unendlich veränderlichen Gesamtlebens."

„Werter Pilger", versetzte Sylvester, „das Gewissen erscheint in jeder ernsten Vollendung, in jeder gebildeten Wahrheit. Jede durch Nachdenken zu einem Weltbild umgearbeitete Neigung und Fertigkeit wird zu einer Erscheinung, zu einer Verwandlung des Gewissens. Alle Bildung führt zu dem, was man nicht anders, wie Freiheit nennen kann, ohnerachtet damit nicht ein bloßer Begriff, sondern der schaffende Grund alles Daseins bezeichnet werden soll. Diese Freiheit ist Meisterschaft. Der Meister übt freie Gewalt nach Absicht und in bestimmter und überdachter Folge aus. Die Gegenstände seiner Kunst sind sein, und stehn in seinem Belieben und er wird von ihnen nicht gefesselt oder gehemmt. Und gerade diese allumfassende Freiheit, Meisterschaft oder Herrschaft ist das Wesen, der Trieb des Gewissens. In ihm offenbart sich die heilige Eigentümlichkeit, das unmittelbare Schaffen der Persönlichkeit, und jede Handlung des Meisters ist zugleich Kundwerdung der hohen einfachen, unverwickelten Welt – Gottes Wort."

„Also ist auch das was ehemals, wie mich däucht, Tugendlehre genannt wurde, nur die Religion, als Wissenschaft, die sogenannte Theologie im eigentlichsten Sinn? Nur eine Gesetzordnung, die sich zur Gottesverehrung verhält, wie die Natur zu Gott? Ein Wortbau, eine Gedankenfolge, die die Oberwelt bezeichnet, vorstellt und sie auf einer gewissen Stufe der Bildung vertritt? Die Religion für das Vermögen der Einsicht und des Urteils, der Richtspruch, das Gesetz der Auflösung und Bestimmung aller möglichen Verhältnisse eines persönlichen Wesens?"

„Allerdings ist das Gewissen", sagte Sylvester, „der eingeborne Mittler jedes Menschen. Es vertritt die Stelle Gottes auf Erden, und ist daher so Vielen das Höchste und Letzte. Aber wie entfernt war die bisherige Wissenschaft, die man Tugend- oder Sittenlehre nannte, von der reinen Gestalt dieses erhabenen, weitumfassenden persönlichen Gedankens. Das Gewissen ist der Menschen eigenstes Wesen in voller Verklärung, der himmlische Urmensch. Es ist nicht dies und jenes, es gebietet nicht in allgemeinen Sprüchen, es besteht nicht aus einzelnen Tugenden. Es gibt nur Eine Tugend – den reinen, ernsten Willen, der im Augenblick der Entscheidung unmittelbar sich entschließt und wählt. In lebendiger, eigentümlicher Unteilbarkeit bewohnt es und beseelt es das zärtliche Sinnbild des menschlichen Körpers, und vermag alle geistigen Gliedmaßen in die wahrhafteste Tätigkeit zu versetzen."

„O! trefflicher Vater", unterbrach ihn Heinrich, „mit welcher Freude erfüllt mich das Licht, was aus Euren Worten ausgeht. Also ist der wahre Geist der Fabel eine freundliche Verkleidung des Geistes der Tugend, und der eigentliche Zweck der untergeordneten Dichtkunst, die Regsamkeit des höchsten, eigentümlichsten Daseins. Eine überraschende Selbstheit ist zwischen einem wahrhaften Liede und einer edeln Handlung. Das müßige Gewissen in einer glatten, nicht widerstehenden Welt wird zum fesselnden Gespräch, zur alleserzählenden Fabel. In den Fluren und Hallen dieser Urwelt lebt der Dichter, und die Tugend ist der Geist seiner irdischen Bewegungen und Einflüsse. So wie diese die unmittelbar wirkende Gottheit unter den Menschen und das wunderbare Widerlicht der höhern Welt ist, so ist es auch die Fabel. Wie sicher kann nun der Dichter den Eingebungen seiner Begeisterung oder wenn auch er einen höhern überirdischen Sinn hat, höherer Wesen folgen und sich seinem Berufe mit kindlicher Demut überlassen. Auch in ihm redet die höhere Stimme des Weltalls und ruft mit bezaubernden Sprüchen in erfreulichere, bekanntere Welten. Wie sich die Religion zur Tugend verhält, so die Begeisterung zur Fabellehre, und wenn in heiligen Schriften die Geschichten der Offenbarung aufbehalten sind, so bildet in den Fabellehren das Leben einer höhern Welt sich in wunderbarentstandnen Dichtungen auf mannigfache Weise ab. Fabel und Geschichte begleiten sich in den innigsten Beziehungen auf den verschlungensten Pfaden und in den seltsamsten Verkleidungen, und die Bibel und die Fabellehre sind Sternbilder Eines Umlaufs. "

„Ihr redet völlig wahr", sagte Sylvester, „und nun wird es Euch wohl begreiflich sein, daß die ganze Natur nur durch den Geist der Tugend besteht und immer beständiger werden soll. Er ist das allzündende, allbelebende Licht innerhalb der irdischen Umfassung. Vom Sternhimmel, diesem erhabenen Dom des Steinreichs, bis zu dem krausen Teppich einer bunten Wiese wird alles durch ihn erhalten, durch ihn mit uns verknüpft, und uns verständlich gemacht, und durch ihn die unbekannte Bahn der unendlichen Naturgeschichte bis zur Verklärung fortgeleitet."

„Ja und Ihr habt vorher so schön für mich die Tugend an die Religion angeschlossen. Alles, was die Erfahrung und die irdische Wirksamkeit begreift macht den Bezirk des Gewissens aus, welches diese Welt mit höhern Welten verbindet. Bei höhern Sinnen entsteht Religion und was vorher unbegreifliche Notwendigkeit unserer innersten Natur schien, ein Allgesetz ohne bestimmten Inhalt, wird nun zu einer wunderbaren, einheimischen unendlich mannigfaltigen und durchaus befriedigenden Welt, zu einer unbegreiflich innigen Gemeinschaft aller Seligen in Gott, und zur vernehmlichen, vergötternden Gegenwart des allerpersönlichsten Wesens, oder seines Willens, seiner Liebe in unserm tiefsten Selbst."

„Die Unschuld Eures Herzens macht Euch zum Propheten", erwiderte Sylvester. „Euch wird alles verständlich werden, und die Welt und ihre Geschichte verwandelt sich Euch in die Heilige Schrift, sowie Ihr an der Heiligen Schrift das große Beispiel habt, wie in einfachen Worten und Geschichten das Weltall offenbart werden kann; wenn auch nicht gerade zu, doch mittelbar durch Anregung und Erweckung höherer Sinne.

Mich hat die Beschäftigung mit der Natur dahin geführt, wohin Euch die Lust und Begeisterung der Sprache gebracht hat. Kunst und Geschichte hat mich die Natur kennen gelehrt. Meine Eltern wohnten in Sizilien unweit dem weltberühmten Berge Aetna. Ein bequemes Haus von vormaliger Bauart, welches verdeckt von uralten Kastanienbäumen dicht an den felsigen Ufern des Meers, die Zierde eines mit mannigfaltigen Gewächsen besetzten Gartens ausmachte, war ihre Wohnung. In der Nähe lagen viele Hütten, in denen sich Fischer, Hirten und Winzer aufhielten. Unsre Kammern und Keller waren mit allem, was das Leben erhält und erhöht, reichlich versehn und unser Hausgeräte ward durch wohlerdachte Arbeit auch den verborgenen Sinnen angenehm. Es fehlte auch sonst nicht an mannigfaltigen Gegenständen, deren Betrachtung und Gebrauch das Gemüt über das gewöhnliche Leben und seine Bedürfnisse erhoben und es zu einem angemessenem Zustande vorzubereiten, ihm den lautern Genuß seiner vollen eigentümlichen Natur zu versprechen und zu gewähren schienen. Man sah steinerne Menschenbilder, mit Geschichten bemalte Gefäße, kleinere Steine mit den deutlichsten Figuren, und andere Gerätschaften mehr, die aus andern und erfreulicheren Zeiten zurückgeblieben sein mochten. Auch lagen in Fächern übereinander viele Pergamentrollen, auf denen in langen Reihen Buchstaben die Kenntnisse und Gesinnungen, die Geschichten und Gedichte jener Vergangenheit in anmutigen und künstlichen Ausdrücken bewahrt standen. Der Ruf meines Vaters, den er sich als ein geschickter Sterndeuter zuwege brachte, zog ihm zahlreiche Anfragen, und Besuche, selbst aus entlegenern Ländern, zu, und da das Vorwissen der Zukunft den Menschen eine sehr seltne und köstliche Gabe dünkt, so glaubten sie ihre Mitteilungen gut belohnen zu müssen, so daß mein Vater durch die erhaltnen Geschenke in den Stand gesetzt wurde, die Kosten seiner bequemen und genußreichen Lebensart hinreichend bestreiten zu können."